德国，一群老鼠的故事

[德] 维里·费尔曼 著

程 玮 译

二十一世纪出版社集团
21st Century Publishing Group

图书在版编目（CIP）数据

德国，一群老鼠的故事 /（德）维里・费尔曼著；
程玮译. -- 南昌：二十一世纪出版社集团, 2024.4（2025.2重印）
（彩乌鸦世界文库）
ISBN 978-7-5568-7711-9

Ⅰ. ①德… Ⅱ. ①维… ②程… Ⅲ. ①儿童小说 - 中篇小说 - 德国 - 现代 Ⅳ. ①I516.84

中国国家版本馆CIP数据核字（2023）第147921号

版权合同登记号　14-2002-434

德国，一群老鼠的故事

DEGUO, YI QUN LAOSHU DE GUSHI　［德］维里・费尔曼 著　程 玮 译

出 版 人　刘凯军
策划编辑　彭学军　魏钢强　　美术编辑　彭 蕾 彭 渤
编辑统筹　谈炜萍　　责任制作　缪雪萍
责任编辑　孙睿旼　刘晨露子　　Logo设计　先锋设计・赵抒濛

出版发行	二十一世纪出版社集团（江西省南昌市子安路75号　330025）		
网　址	www.21cccc.com	**印　数**	17,501~27,500 册
经　销	新华书店	**开　本**	889 mm × 1300 mm 1/32
印　刷	南昌市红星印刷有限公司	**字　数**	57千字
版　次	2002年8月第1版　2017年10月第2版	**印　张**	4.25
	2024年4月第3版	**书　号**	ISBN 978-7-5568-7711-9
印　次	2025年2月第4（总第85）次印刷	**定　价**	25.00 元

赣版权登字 -04-2024-33　

购买本社图书，如有问题请联系我们：扫描封底二维码进入官方服务号。
服务电话：0791-86512056（工作时间可拨打）；服务邮箱：21sjcbs@21cccc.com。

目　录

灰色大宅里的一群老鼠

在一座灰色的大宅里，生活着一群老鼠。每天晚上，在人们熄灯入睡以后，老鼠们就从老鼠洞里钻出来。他们叽叽喳喳快乐地叫着，伸开长长的胡须，在各个房间里窜来窜去。他们到厨房里去找吃剩的食物，在餐桌下面捡面包屑。在客厅里，他们时不时能找到主人们遗忘在桌上的一颗花生米、吃了一半的巧克力，还有夹心糖果什么的。

装满各种食物的储藏室，是老鼠们的乐园。如果储藏室的门没有关紧，他们就从门缝里挤进去。

在那里，他们啃着奶酪皮，舔着奶油，咬着干香肠，吃着杏子酱，嚼着熏肉……直到肚子吃得滚圆，才心满意足地捋一捋胡须、擦一擦尖嘴巴。

虽然食品储藏室里有这么多好吃的东西，可最让他们向往的还是“老鼠天堂”的美食。厨房的高处，从吊灯再连续往上跳二十次的高处，悬挂着一根木棍。那上面挂满了香喷喷的腊肠，还有两条熏火腿。不过，对老鼠们来说，这天堂只能看，只能闻。厨房的墙壁上贴着滑溜溜的瓷砖，没有一只老鼠能够爬上去。当年，鼠群的太祖母——老鼠桑德拉认真尝试过，结果很惨：她爬到一半滑了下去，重重地摔在石板地上。

有时，老鼠们也溜进这座大宅最大的一个房间里。房间里满是高高的、放满书的架子。架子上有厚厚的书，也有薄薄的书；有皮革精装的大部头，也有薄纸板封面的小册子。在彩色画册旁边，竖着那些只有一排排黑色的严肃文字的书。

这个藏书室是老鼠们的体育馆。这里很难找到吃的东西，不过，他们可以沿着书架赛跑，躲在书后面捉迷藏，在书堆上爬上爬下、跳来跳去，还可以把斜放着的书当滑梯滑。

对老鼠们来说，最大的享受还是在地球仪上做“环球旅行”。大大的地球仪放在藏书室的正中间，它的中轴安装在一个雕工精细的木架上面。

当老鼠顺着木架往上爬的时候，地球仪就开始转动起来。如果不想掉下去，这只老鼠就得在地球仪上跑。地球仪越转越快，老鼠也不得不越跑越快。虽然总是在原地跑步，但他敏捷的细腿已经跑过中国和日本，不到三秒钟就跨越了太平洋；接着美国从它的脚下滑过去；然后是大西洋；再然后是葡萄牙、西班牙、地中海、意大利和希腊；最后土耳其和俄罗斯的一角，也被细小的老鼠的脚踏过。接着又重新开始：中国、日本、太平洋……就是最强壮的老鼠，也有跑得精疲力竭的时候。

这群老鼠中最强大的老鼠叫威利巴尔德，他有一条特别长的尾巴，他可以在地球仪上跑三十二圈。

不过，就连这么强大的老鼠，最后也会精疲力竭地从非洲那里滑下去，掉到柔软的地毯上。

这群老鼠就这样生活在灰色大宅里，大家一起吃着、喝着、玩着、乐着。有一天晚上，他们发生了争吵。当时，所有的老鼠都从厨房跑到客厅里，只有莉莉老鼠还在炉灶旁边转来转去。她仰着头，痴痴地望着“老鼠天堂”，一心想再闻一闻隐隐飘来的熏肉味。可是，她好像闻到一股跟平时不同的气味。这味道好像是“绿色”的，草的味道。莉莉老鼠使劲地闻着，想弄明白这气味是从哪里来的。

厨房的推窗只能从里面往外推开，推窗关得严严的。莉莉老鼠走向厨房通往花园的门口。当她走近门口的时候才发现，通往花园的门没有关紧。一阵恐惧从她的尾巴一直流到胡须尖。对于家鼠来说，花园是最危险的地方。那些关于尖爪子的猫头鹰和浑身钢刺的刺猬的恐怖故事，掠过她的脑海。她吓得蹦起五厘米高，飞快地向客厅跑去。她大声喊：“门！厨房门！通向花园的门！”

“花园门怎么了？”老鼠咪咪害怕地问。

“通向花园的门开着！”莉莉老鼠飞快地说。

一时间，所有的老鼠都惊呆了。然后，所有的老鼠都急急忙忙地溜回各自的洞里。客厅的座钟还没有敲七下，离天亮还早着呢！

到了晚上，老鼠菲利普从老鼠洞里钻出来。他胆子比较大，想去看看女厨师是不是又忘了把通往花园的门关上。他从老鼠洞里悄悄地走进客厅，从橱子和墙壁的夹缝里小心地挤进厨房。老鼠菲利普抬起鼻子在空气中嗅着，可他没有闻到叶子和树木的味道。他发现，厨房的推窗和通往花园的门都关着。

“都出来吧！今天平安无事！”他大声喊。

“不能让这样的情况再次发生了。”老鼠乔治松了一口气，说，“我们应该商量一下，该怎么办。”

老鼠乔治是老鼠们选举出来的老鼠会议召集人。他的职责是，让每只老鼠在会议上都能发表自己的意见。等所有的老鼠都发表过意见以后，大家就举手表决：赞成某项提议的老鼠就把尾巴翘起来；不赞成的老鼠，就把尾巴平平地贴在地面上。

老鼠乔治很聪明，他可以数到九十九，这已经足够统计票数了。其他的老鼠也不笨，他们至少都能数到七。这很重要！因为当客厅里的座钟敲七下的时候，大家必须躲进老鼠洞里。因为不用多久，女厨师就来上班了。

超级老鼠威利巴尔德

在这天晚上，当老鼠乔治准备召集开会的时候，老鼠霍格正在散布一条可怕的新消息。

“你们想一想吧，”他瞪大眼睛说，“一只巨大的、像老虎一样的猫正绕着大宅走来走去。”

“我们有危险、有危险了！”老鼠卡玲抱怨说，“我的爷爷说过，他的爷爷就是被一只猫逮住的。他当时正坐在窗台上，对着圆圆的月亮唱着歌呢！”

“那猫把你爷爷的爷爷怎么了？”老鼠咪咪问。因为害怕，她快发不出声音来了。

“那猫把可怜的爷爷的爷爷连皮带毛……”老鼠卡玲哽咽了一下，她不想把“一口吞下去”说出来。即使没说出口，她的脊背上也已经冒出了冷汗。

“别说那些老掉牙的故事了！”狡猾的老鼠约瑟夫指责老鼠卡玲，“最好还是想一想，假如那只巨大的、像老虎一样的猫突然闯了进来，我们怎么办？”

“我们将广泛听取各种建议，然后进行表决。”老鼠会议召集人说，“我统计票数，然后……”

“漫长的发言。当然……”胖老鼠海尔曼打断老鼠会议召集人，“召集人先生除了开会没有别的主意，没完没了地讨论，只会让我们的末日更快到来。”

狡猾的老鼠约瑟夫用力点点头，接着说：“召集人只会让大家讨论，讨论，表决，表决。然后他统计票数，统计票数。当他统计完的时候，我们早就被猫逮住了。”

“我们可以躲进老鼠洞讨论。”莉莉老鼠说，“在老鼠洞里，我们是安全的。”

“是的，是的。”老鼠菲丽德利克表示赞成，“我的朋友莉莉老鼠说得对。在我们的洞里，猫逮不到我们，我们可以安心地讨论。”

“莉莉老鼠最好闭嘴。”最强大的威利巴尔德咆哮着，“她应该闭嘴！也许，我们的惊吓就是她造成的。她说她看见通往花园的门没有关起来，那我们怎么没有看见呢？我们不是都在厨房里吗？”

全体老鼠都不知所措地沉默了。威利巴尔德接着说：“我跟你们说，我认为是莉莉老鼠自己把门打开的。”

“为什么莉莉老鼠要这么做呢？”老鼠卡勒不相信地问。

“因为她没有正宗的灰色皮毛。因为她是白色的，白得就像厨房里的瓷砖。因为她有难看的红眼睛。”威利巴尔德仇恨地说，“她根本不属于我们这个鼠群。也许，就是她把虎斑大猫给引来的。每只小老鼠都知道，一只白老鼠在很远的地方就会被猫发现。正宗灰老鼠是很难被发现的。莉莉老鼠给我们大家带来了危险！”

他的话有一点是对的，除了莉莉老鼠以外，所有的老鼠都是灰色的。

在亮处，有的老鼠灰色中会透出一点白。只有莉莉老鼠是雪白的，有着红宝石一样的眼睛。

“莉莉老鼠是一只白化鼠……”老鼠会议召集人刚想解释，最强大的威利巴尔德就狠狠地瞪了他一眼，还把又长又壮的尾巴狠狠地竖了起来。老鼠会议召集人害怕了，他把想说的话咽了下去，只是自言自语地喃喃着：“白化鼠的皮毛是没颜色的，就是这么回事。”他没敢再说什么。

“莉莉老鼠必须闭嘴！”老鼠卡玲骂起来，“她不是我们的人，她就得闭嘴。召集人主持讨论总是没完没了的。他啰啰唆唆，就是想显示自己的重要。”

“我们不需要长时间的空谈。”狡猾的老鼠约瑟夫说，“如果一个人就能做出决定，一切都简单迅速：一、二、三，完事。”

胖老鼠海尔曼大声喊：“我们不要选举！我们

不要会议召集人！在我们这个大宅里，我们只需要一个老鼠首领，就这样！”

“如果我们有一个强大的老鼠首领，一切都会更好、更快、更安全。一、二、三，完事。”狡猾的老鼠约瑟夫重复着，“再没有老鼠会害怕猫了！”

“没有首领，我们不是也过得很好吗？”莉莉老鼠尖声说，“我们已经选出了一个好的会议召集人。为什么我们自由的老鼠需要一个……”

“闭嘴！”最强大的威利巴尔德吼起来，“老鼠乔治被撤职了！”他挺直腰，以胜利者的姿态说：“在危急的时刻，一个鼠群需要一个真正的首领。我就是你们的首领。就这样。我，强大的威利巴尔德。这就像我有一条强壮的长尾巴一样，不容置疑。”

他跳上地球仪开始疯跑，在这以前还没有一只老鼠跑得像他这么快。整个地球仪，在最强大的威利巴尔德的脚下颤抖着。他踏过中国，踏过日本，踏过太平洋，跑啊跑啊，最后他从非洲大陆滑下去，扑通一声掉到地毯上。

“三十三圈！”被罢免的老鼠会议召集人在一边大声数着。所有的老鼠都被这个纪录震惊了。

“三十三圈！”老鼠卡玲若有所思地重复着，“三十三圈。他把很多国家都踩到了脚底下。”

“威利巴尔德！”胖老鼠海尔曼大喊，他激动得声音都颤抖了，“除了强大的威利巴尔德，再没有人可以担任我们的首领了。就这样！”

鼠群里的很多老鼠向威利巴尔德欢呼起来。威利巴尔德跳上红色座椅柔软的扶手，和蔼地向大家挥动着手。在他的身旁围起一群强壮的、年轻的老鼠，他们狂野地、坚定地俯视着整个鼠群。

莉莉老鼠把自己深深隐藏在一本厚书的阴影里。她鼠毛倒竖，鼠须发颤，为即将发生的一切感到恐惧。尽管威利巴尔德发誓，要让所有老鼠都吃饱肚子，让所有老鼠都平安度日，让所有老鼠都过上天堂般的生活，但这还是不能给莉莉老鼠带来任何的安慰。

在威利巴尔德执政的第一天，他向鼠群许了很多很多愿。

蝙蝠、面包和猪皮

最强大的威利巴尔德的统治是非常严厉的。他经常让老鼠们排成长长的一列行军，有时候排成笔直的三列纵队。星期天的时候，他们甚至排成六列纵队行军。狡猾的老鼠约瑟夫和胖老鼠海尔曼负责发号施令。威利巴尔德的老鼠卫队守护在他的周围，监视着不让一只老鼠违反纪律。

“如果虎斑大猫来了，大家都得飞快地逃跑。”狡猾的老鼠约瑟夫宣布，“所以我们每个人都应该练习得敏捷、坚硬、柔韧。”

胖老鼠海尔曼热情高涨地喊:“像蝙蝠一样敏捷,像特里尔面包一样坚硬,像猪皮一样柔韧!”

而且,老鼠们还学唱很多新歌,这事由最强大的威利巴尔德亲自负责。他有着浑厚动听的低音,他最心爱的一首歌曲每天晚上必须合唱两次。在他的领唱下,所有的老鼠都笔直安静地站起来,放开嗓门大声地跟着唱。

“我们必须给这首歌配上一个特别的动作。”胖老鼠海尔曼建议说,“我认为,在唱这首歌的时候,所有的老鼠必须把他们的右爪虔诚地放在自己的鼻子上。这是一种庄严的姿势。”

“庄严很重要。”最强大的威利巴尔德表示同意,“庄严和喜庆的旋律非常协调。”

狡猾的老鼠约瑟夫说:“这个建议实在是太重要了。我们现在就检查一下,是不是每只老鼠都在执行。”

最强大的威利巴尔德最喜爱的这首歌,歌词充满了勇气和坚定。它是这样的:

排好队　挺直腰　举起右爪，
我们的意志不可动摇。
等待着　来犯者　虎斑大猫，
把它的爪子撕裂！
把它的尾巴扯掉！
老鼠们　跳起来　尽情舞蹈，
所有的猫四散奔逃！

在老鼠们高声唱歌或者沉默行军的时候，最强大的威利巴尔德会不时高呼：“猫来了！猫来了！”

所有的老鼠立刻飞快地钻进自己的洞穴里。

“他们越来越顺从了。”威利巴尔德满意地说，并满意地朝狡猾的老鼠约瑟夫眨眨眼睛。胖老鼠海尔曼高呼：“像蝙蝠一样敏捷，像特里尔面包一样坚硬，像猪皮一样柔韧！”

有时候，单调的行军让老鼠们厌烦。老鼠卡勒鼓起勇气抱怨说：“难道我们一天到晚就干这些吗？”

老鼠菲丽德利克接着说:“我还从来没见过猫的影子。”

“你们这帮无赖!”狡猾的老鼠约瑟夫大骂起来。

“你们这帮老鼠流氓!你们这帮蠢猪老鼠!你们这帮鼠类的渣滓!”胖老鼠海尔曼肥肥的腮帮子因为愤怒微微发颤。

老鼠卫兵把威利巴尔德围在中间,凶狠地瞪着大家。

“你们跟莉莉老鼠是一个种族吗?”最强大的威利巴尔德严厉地问。

“不,不是。我们不是白色的。”老鼠卡勒赶紧说。

“我的祖先里没有一个是红眼睛。”老鼠菲丽德利克发誓说。

“一个首领,一座大宅,一个鼠群!”老鼠卡玲大声喊。几乎所有的老鼠都发出赞同的呼声。老鼠卡勒和老鼠菲丽德利克的声音越来越低了,他们有点为自己感到惭愧。

划分地盘

最强大的威利巴尔德执政已经三个月了。他把灰色大宅里的一切规矩都定好了，干脆利落。他禁止老鼠们在藏书室攀爬和游戏，也不允许在地球仪上做环球长跑，再不允许老鼠们在斜放的书上面滑滑梯。如果有谁躲在书后面，那就会受到怀疑。只有在客厅座钟的长针上面荡秋千，偶尔还是被允许的。

有一天晚上，最强大的威利巴尔德把所有的老鼠都召集到一起，发表了一个重要演说。

“那只猫，”他开始说，“很大，像老虎一样，难以想象的危险。它威胁着我们鼠群和平的生活。所以，我们必须训练得更快、更好，像蝙蝠那样敏捷，像特里尔面包那样坚硬，像猪皮那样柔韧。目前的情况我还不是很满意，因为我们缺少秩序。我希望能够更加有序，每只老鼠都有他自己的地盘！这样的话，行动起来会更加迅速，效果更好。”

“太好了，英明伟大的首领说得太好了！”狡猾的老鼠约瑟夫大叫起来。

“所以，我现在宣布——”最强大的威利巴尔德说，“我们把整个大宅重新分配一下。大家不能像以前那样，哪里有吃的就到哪里去。在我们鼠群，每只老鼠都有他固定的地盘。就这样。”

“这样太好了！首领，太英明了！”胖老鼠海尔曼高声说，“谁想待在哪里就待在哪里可不行，那样太混乱。”

“一号指令，老鼠敏娜一家和老鼠皮特一家，你们到厨房去。”威利巴尔德命令。

不错，敏娜和皮特想，厨房里有很多食物。“老

UNSER MAUSI

鼠天堂”就在我们的头顶上。说不定什么时候，天上突然掉一截香肠下来。

“二号指令，老鼠霍格和老鼠保罗，还有你们家的大大小小，从今天开始就待在餐厅。”

这不错，霍格和保罗想。在餐厅里总能找到不少美食。

就这样，最强大的威利巴尔德把整个大宅的房间都分配了一下。三号指令：地下室分配给老鼠卡玲。四号指令：客厅分配给老鼠咪咪。五号指令：蓝色沙龙分配给老鼠爱娜。六号指令：洗衣房归老鼠埃米尔。七号指令：老鼠菲利普被打发到办公室。八号指令：儿童房归老鼠贝尔塔。主人书房，那个充满尼古丁的地方，分配给被罢免的老鼠会议召集人，这是九号指令。十号指令：杂物间，分给老鼠菲丽德利克和老鼠卡勒。

首领宣布的上面这些名字，当然也包括了家庭成员——他们的子女、父母、七大姑八大姨，等等。只有莉莉老鼠，虽然她属于卡勒家庭，但首领把她作为例外。等所有的老鼠都有了自己的地盘以后，首领宣布："那红眼睛老鼠不能跟家庭在一起。"

"那么，莉莉老鼠去哪里呢？"老鼠菲丽德利克问。

"最后一道指令，莉莉老鼠，那只白妖精，去藏书室。"威利巴尔德严厉地说，"就她一个。她自己管好自己。鼠群对她很恼火，就是她，让厨房通往花园的门开着，把我们带进危险境地。"

"可藏书室里没什么可吃的。"老鼠卡勒震惊地说，"莉莉老鼠只能饿肚子。"

"那她就不再东想西想啦！"狡猾的老鼠约瑟夫说，"她应该庆幸，还让她留在我们这里。其实我们应该把她赶到花园里去，赶到花园里的猫那里，把她从厨房的推窗扔出去。她的白皮毛，她的红眼睛，清清楚楚地告诉我们，她跟我们不是同类。"

"可她生下来就跟我们在一起的。"菲丽德利克低声说。

"她可从来没有伤害过我们。"老鼠菲利普也说。

“我认识她的母亲。”老鼠卡勒说，“她属于我们这个大家庭。”

最强大的威利巴尔德一下子不知道该说什么。像往常一样，当他理亏的时候，他就大声吼起来：“猫来了，猫来了！”

所有的老鼠都躲进洞里，谁愿意被虎斑大猫的爪子逮到呢？

“那个装满美味食品的储藏室，他还没有分出去呢！”老鼠卡勒悄悄地在老鼠菲丽德利克耳边说。

“很清楚。”她说，“装满美味食品的储藏室归老鼠约瑟夫、胖老鼠海尔曼和最强大的首领。他肯定要让自己吃得壮壮的，如果他吃不饱，尾巴变细变小就不威风了。”

豌豆计划

就这样，莉莉老鼠只得孤独地在藏书室度过一个个夜晚。她悄悄地把斜放的书本当滑梯滑，把摞成堆的书本当成楼梯，在上面蹦上跳下。实在无聊的时候，就开始练习数数。她想统计一下，藏书室里有多少书。没多久，她就熟练地超过了被罢免的会议召集人老鼠乔治。当她数到一千这个惊人的巨大的数字以后，她就开始数错了，不得不一次次从头开始。

有时候，老鼠菲利普也会来看望她，告诉她大宅里新发生的事情。虽然探望莉莉老鼠是被禁止的，但菲利普是一只勇敢年轻的老鼠，他有时候不把首领的新规定放在眼里。老鼠菲利普知道，莉莉老鼠受到的待遇是不公正的，这让他很生气，他不想参与对莉莉老鼠的迫害。

最强大的威利巴尔德时不时把老鼠们召集到一起。虽然他宣布的消息都不是什么好消息，但至少可以减少一些莉莉老鼠独处的时间。

有一天，狡猾的老鼠约瑟夫大声喊："老鼠们，都到客厅去！快，快，快。我们老鼠首领有一个绝妙的计划，一切都会变得更加安全，快，快！"

最强大的威利巴尔德坐在红色丝绒座椅的扶手上面。等所有的老鼠都到齐以后，他说："大家都知道，那只虎斑大猫就在窗外窥视着，等候着时机溜进来。猫的脚爪就像丝绒一样软，落地悄无声息。你们谁能听见呢？就连我最灵敏的耳朵，也会出岔子。我思考了很久，我们怎么才能预防那只猫的偷袭呢？"

“我们把推窗钉死。”老鼠皮特大声说。

“胡说。”狡猾的老鼠约瑟夫反驳说，“那推窗只能往外推，从花园里不能进到厨房里来。猫也进不来。”

“我们注意时刻把门关紧。”老鼠菲利普建议说。

“好，可还不是最好。”威利巴尔德评论说，“再怎么注意，还是会出差错的，比如不久以前莉莉老鼠就把门打开了。”

莉莉老鼠不敢反驳。其实根本不是这么回事，可她还能怎么样呢？

“我有一个计划，很安全，很安全。”最强大的威利巴尔德停顿了一下，接着说，“在食品储藏室有一袋碧绿的干豌豆，滚圆滚圆的。我们把豌豆撒在厨房里，就撒在通往花园的门前面。”

“太了不起了！”胖老鼠海尔曼兴奋地大声欢呼，“这样一来就保险了。”

“对啊，”狡猾的老鼠约瑟夫解释说，“太安全了。只要猫的爪子从豌豆上面踩过，豌豆就会发出声音。这样一来，就连半聋的老鼠爱娜也能听得清清楚楚。”

“我们就可以安全地跑回自己的洞里去。”最强大的威利巴尔德结束了自己的演说。

“太好了！”胖老鼠海尔曼高喊，“像蝙蝠一样敏捷，像特里尔面包一样坚硬，像猪皮一样柔韧！”

“太出色了，太了不起了！”老鼠卡玲欢呼说，“这是一个无与伦比的计划。”

“这下终于安全了。”老鼠咪咪快乐地叹息着。

莉莉老鼠和她的朋友悄悄低语着。

过了一会儿，老鼠菲丽德利克点点头说：“我有一个简单的问题。”她向前走了一步，又说：“这个计划确实很好。可是，当座钟敲七下，女厨师走进厨房，看到一地的豌豆时，会发生什么呢？”

威利巴尔德、胖老鼠海尔曼和狡猾的老鼠约瑟夫把头凑到一起。然后，首领昂起头，说：“这些我们早就考虑好了。再说，首领是干什么的？就是制订计划、指引方向的。”

“一个首领，一座大宅，一个鼠群！”胖老鼠海尔曼大声呼应。

“这就对了。”最强大的威利巴尔德肯定地说，“这答案就像老鼠身上的汗珠一样清楚明白。我们在晚上把豌豆撒到地下，在座钟敲七下以前，再把豌豆捡起来。白天的时候我们不用害怕猫，因为我们都在自己的洞里躲着。”

所有的老鼠都恍然大悟。

可是，在接下来的几个晚上，他们终于明白这一切意味着什么。撒豌豆还是很好玩的，很快就撒完了。可是，把豌豆一颗颗捡到一起，这是很辛苦的工作。有的老鼠边干边叹息：“敏捷、坚硬、柔韧。”可是，谁也不觉得这有什么好玩。

他们很少再有时间在座钟的长针上面荡秋千，也不能在厨房里滴水的水龙头下面跑来跑去，试着不让皮毛被淋湿。经常在他们匆忙地捡起最后一颗豌豆的时候，座钟就敲了七下。老鼠尾巴还没有完全缩进洞里，女厨师就走进厨房了。

小小的老鼠们除了害怕虎斑大猫以外，更害怕高高大大的人和他们大大的脚。所以，他们总是想尽一切办法不被女厨师看见。

同时，老鼠们还是有点喜欢女厨师的。这个女人有一项天赋，她能讲很多好听的故事。在晚上，等干完活以后，女厨师吹灭蜡烛，她喜欢坐在半明半暗中。炉灶里的火光从缝隙里闪闪烁烁地照射出来，红色的火光和蓝色的阴影在厨房的瓷砖墙壁上跳来跳去。一个小小的人影走进厨房，坐在女厨师的身边。他有一句神秘的咒语。他盯着女厨师，喃喃地说："罗塔，罗塔，罗塔，给我讲一讲以前的以前的以前的事情吧！"

女厨师被这咒语击中了，她开始讲以前的有趣的故事：讲能用手走路的灵巧的马戏团演员；讲野蛮的印第安人，头上插着彩色的羽毛；讲野牛和驴；讲航海的大船，在波涛起伏的大海上航行；讲飞翔的蝙蝠和飞翔的鱼。

那个小孩最喜欢听童话，女厨师已经跟他讲了

五十六遍《白雪公主》，七十三遍他最心爱的《睡美人》。老鼠乔治统计得很清楚，这是他的强项。

女厨师讲这些童话的时候，每次都一字不改，她已经能把童话背出来了。

当女厨师在晚上讲故事的时候，老鼠们也悄悄地从他们的洞里溜出来，躲在不远不近的黑影里，屏住呼吸，出神地听着这些来自另一个世界的故事。

当女厨师动一动身子，或者从椅子上站起来的时候，嗖——嗖——老鼠们飞快地躲进了自己的洞里。

老鼠约瑟夫的建议

一个星期以来，老鼠们都在忙着撒豌豆、捡豌豆。一天晚上，老鼠菲利普说：“我在厨房窗口往花园里看了两个小时，月亮圆圆的、亮亮的。我能看得很远，一直看到花园的栏杆那里。”

“那些树的下面，你也看得见吗？”胆小的老鼠咪咪问。

“树底下也看得见。”

“那你看见了什么？”老鼠贝尔塔好奇地问。

“我连花园那边小溪里闪闪发亮的水都看见了。”

老鼠菲利普说，“我还看见一只榛睡鼠从草地上跑过去。”

“猫呢?你看见那只猫了吗?”老鼠霍格想弄明白。

“没有。我拼命地瞪大眼睛，连眼泪都流出来了，可我连猫的影子都没有看见。”

老鼠们都若有所思，他们怀疑地看着最强大的威利巴尔德。难道花园里根本就没有什么虎斑大猫?

威利巴尔德在老鼠们的注视下，变得不自在起来。

狡猾的老鼠约瑟夫接过话头，说：“你真该庆幸啊，亲爱的老鼠菲利普，这段时间，那只猫正好不在花园里面，估计去拜访公猫了。可是，亲爱的朋友，万一你真的看见了那只猫，会是什么样的情景?”

狡猾的老鼠约瑟夫严肃地环顾大家：“那大大的、绿幽幽的猫眼睛在月光下一闪一闪。”

老鼠们浑身一颤，觉得那双可怕的眼睛正瞪着自己。

“还有那尖尖的、长长的猫牙齿！那四只各带着五个锐利如刀片的猫爪子！”老鼠约瑟夫压低了声音。

“唧唧，”老鼠咪咪害怕起来，“别说了，请别再说了。”

可是，狡猾的老鼠约瑟夫正说到兴头上，他一心要把这个恐怖的故事讲完：“回想一下吧，你们这些大宅里的灰老鼠。想一想过去，我们家族的太祖父库贝斯，德高望重，经验丰富，当他突然跟一只猫面对面的时候！你们都知道，他震惊之下，倒地身亡。”

老鼠约瑟夫让老鼠们默哀一分钟，哀悼这位很多年以前，最先来到这座灰色大宅的祖先。他和太祖母老鼠桑德拉建立了家庭，他们一代一代，繁衍生息，一直到今天的鼠群。

“多么庆幸，”狡猾的老鼠约瑟夫提高了声音，“多么庆幸，我们亲爱的老鼠菲利普没有看见猫。谢天谢地，他避免了我们祖先曾遭遇的厄运。”

老鼠们都赞同地点着头。他们没有听见老鼠菲利普正悄悄地对老鼠卡勒说："胡说八道！老鼠库贝斯当初是被猫吃掉的。就算我看见花园里的猫，我也绝对不会吓得从窗台上掉下去。更何况，我和花园中间还隔着一层窗玻璃。老鼠约瑟夫别想拿这个来吓唬我。"

"捡豌豆，捡豌豆！"一道命令传遍屋子，所有的老鼠必须行动起来，因为时针已经快指向七点。

"马上又得说'敏捷、坚硬、柔韧'了。"老鼠菲利普轻声对莉莉老鼠说。

果然，胖老鼠海尔曼的声音像喇叭一样响起来："像蝙蝠一样敏捷，像特里尔面包一样坚硬，像猪皮一样柔韧！"

这一天，威利巴尔德、胖老鼠海尔曼和狡猾的老鼠约瑟夫有了一种危机感。他们聚在一起商量又商量。胖老鼠海尔曼唠唠叨叨地说："这样的情况绝不能再次发生。这差不多就是反叛了，就是造反了。唉！"他摇着头。

“说得是。”最强大的威利巴尔德赞同地说，“这影响到我们的安全。今后必须禁止。”

“我有个主意！”狡猾的老鼠约瑟夫犹豫了一会儿，不过，还是把他今后怎么让鼠群、大宅和首领避免遭遇这种危险的建议说了出来，“我们必须想办法，保证没有谁再能够透过窗户去看花园。外面发生了什么，跟老鼠们有什么关系？他们应该注意的是大宅内部的危险。谁见得多了，就会想得多。谁开始思考了，那就很危险了。”

“好，可还不是最好。”威利巴尔德说，“你还得告诉我们，你准备采取什么措施，因为窗玻璃是透明的。”

“把眼睛蒙起来。”胖老鼠海尔曼说，“给每只老鼠一块蒙眼布。”

有的时候，我们的这只老鼠海尔曼实在太笨了。老鼠约瑟夫想。他没有说出来，继续按着原先的话题说：“不，当然不。我们可以把窗户蒙起来。”

“把窗户蒙起来？”威利巴尔德和胖老鼠海尔曼

同时问。威利巴尔德首先从惊喜中清醒过来，他笑着说：“我虽然是最强大的威利巴尔德，是远近最强大的老鼠，无可置疑。可是，一块布，一块可以把窗户蒙起来的布，这个世界上还没有一只老鼠能搬得动这么一块布。”

“这布已经挂在那里了。”狡猾的老鼠约瑟夫说，“想一想，那大窗帘。”

“大窗帘？”胖老鼠海尔曼没有想明白。

“是的。那块带着玫瑰花纹的窗帘。”老鼠约瑟夫耐心地解释说。

“很漂亮的窗帘，很美丽的深红色玫瑰。”胖老鼠海尔曼赞美说，“可是，这窗帘一块挂在左边，一块挂在右边。它们一直挂在那里，根本没有蒙住窗户。”

“可以把窗帘拉起来。你没看到有两根带着黄色流苏的绳子？”

“当然看到了。”胖老鼠海尔曼说，“我还在绳子上爬过，可窗帘连晃都没晃一下。”

“你虽然很胖很重，可要拉动窗帘，你还是太轻了。”老鼠约瑟夫恶毒地笑着。他知道，体重是胖老鼠海尔曼最痛恨的话题。

“我这是天生的。”胖老鼠海尔曼抱怨着，“我吃什么都长膘。”

“最好还是少吃点！”最强大的威利巴尔德说。

“首领，还是让他吃。”狡猾的老鼠约瑟夫说，“为了拉动窗帘，每一克重量都用得着。如果我们全体老鼠都吊在绳子上，我们动用全部的力量，也许就可以在傍晚把窗帘拉起来，在早晨把窗帘拉开来。”

“我们应该试一试。就这样。”最强大的威利巴尔德用这句话结束了讨论。他使劲打了一个震天动地的哈欠，躺倒在地，蜷缩成一团。时间不早了，已经过中午了，他马上就睡着了。睡梦中，他梦见老鼠们把一顶金色的皇冠戴在他的头上，在他的尾巴上系了一个红色的丝绒蝴蝶结。

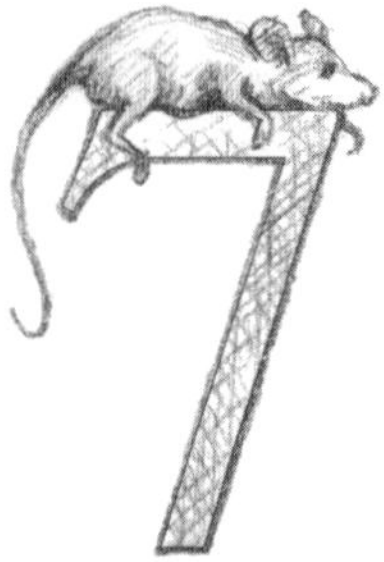

窗户被蒙上了

这个晚上，女厨师又给那个小小的人讲了《睡美人》，这已经是第七十四遍了。他们很晚才离开厨房。

他们一走，老鼠们马上集合在客厅里。

“为了你们的防卫和安全，我制订了一个伟大的计划。”最强大的威利巴尔德开口说。

“太好了，首领！”老鼠卡玲尖叫起来。但是，没有几只老鼠跟着她一起欢呼。老鼠们已经明白，威利巴尔德的计划总是意味着艰苦的劳动。

“我想保护你们，让你们不被大猫看见。”威利巴尔德的目光落到莉莉老鼠身上。当他发表重要讲话的时候，她竟然还在私下里说话！

“他想把沙子撒进猫的眼睛里。”老鼠菲利普轻声嘲笑说。

“他想把沙子撒进我们的眼睛里。”莉莉老鼠低声说。

威利巴尔德虽然听不清他们的话，但还是愤怒地吼起来：“莉莉老鼠，你给我出去！回到藏书室去！你这个白色的妖精，你根本不配听我的秘密计划。应该把你赶出去，从厨房的推窗把你扔到花园里去，让猫撕烂你！”

莉莉老鼠看看四周。她的朋友们在哪里呢？他们全都恐惧地把自己藏进阴影里。她伤心地离开了鼠群，回到藏书室。

威利巴尔德继续他的讲话：“亲爱的老鼠们，我们再不能给危险的猫透过窗户窥视大家的机会，再也不能了。那可怕的绿色的眼睛再不会恐吓我们了。为了大宅的安全,我把脑子都想疼了。这个办法就是,我们把窗帘拉起来。这样,猫就看不见里面了。就这样。没有任何敌人可以看到里面。"

"我们再也不能往外看看,花园里是不是真的有一只猫在威胁着我们。"老鼠菲丽德利克轻声嘀咕。

首领继续向鼠群介绍他的计划。老鼠们都为他大胆的想法而惊喜。当老鼠卡玲尖叫着"一个首领,一座大宅,一个鼠群"的时候,所有的老鼠都跟着高呼起来,过去的狂热又被重新点燃,他们迅速地爬到窗帘拉绳上。

首领威利巴尔德坐在座椅的扶手上指挥着。"一、二、三!"他大声叫着,"一、二、三!"威利巴尔德强壮的卫兵们,也都加入了拉窗帘的行列。

窗帘晃动了几下,可是,根本没有被拉动。胖老鼠海尔曼也一边使尽全力地拉着窗帘,一边给大

家鼓劲，大声喊："加油！加油！像蝙蝠一样敏捷，像特里尔面包一样坚硬，像猪皮一样柔韧！"

"再来一点点重量，就能拉动了。"狡猾的老鼠约瑟夫肯定地说。

"还有莉莉老鼠，她一个人在藏书室里。"老鼠菲丽德利克想起了她的朋友。

"对。"威利巴尔德大叫，"碰到干活，她就溜走了。这个白色的妖精懒得发臭了。"他跳下扶手椅，去喊莉莉老鼠。莉莉老鼠也爬到窗帘拉绳上面，可是，这窗帘已经好几个月没有被拉动了，还是纹丝不动。老鼠卡勒和老鼠菲利普已经幸灾乐祸地做起了鬼脸。最强大的威利巴尔德也跳上了窗帘拉绳，大声吼着："一、二、三！一、二、三！为了鼠群，为了大宅，为了首领！"

这下老鼠们的分量终于够了，他们拉动了窗帘拉绳，窗帘合上了。鼠群被成功陶醉了，狂野地喊起来："一个首领，一座大宅，一个鼠群！""伟大，首领，伟大，首领！"

老鼠们开始唱一首新的歌：

滚开吧，虎斑猫，
滚开吧，老鼠夹。

我们不怕猫爪！
我们不怕鼠夹！

聚集在威利巴尔德周围，
我们勇敢，我们强大。

一、二、三，
我们绝不会完蛋！
一、二、三，
我们绝不会完蛋！

藏书室里的莉莉老鼠

莉莉老鼠心情沉重地回到藏书室。她一个晚上都没有吃东西，她想找一些面包屑。书桌下面没有，废纸篓里也没有。窗口有一把靠椅，白天总有人靠在那里看书，顺便嚼核桃、吃饼干，可靠椅旁的地毯上一点点能吃的东西都没有留下。莉莉老鼠已经多次遇到这种情况，要不是老鼠菲丽德利克，或者老鼠卡勒，最近还有老鼠菲利普，他们经常给她送一点吃的东西，她早就饿死了。

这天晚上，无聊的莉莉老鼠开始翻一本书。她以前也翻过好几本书，看看书上的插画。可这本书跟放在书架上的那些书完全不一样。书上的每一页都有六幅彩色的画。在每一幅画上都印着一个符号，一个莉莉老鼠根本看不懂的符号。在每幅画下面，还有着一行相似的符号。这些符号也让莉莉老鼠摸不着头脑。可是，那些画，莉莉老鼠能够看懂一些。在第一幅画上，她看出是一只蚂蚁、一颗杏子、一只黑鸟、一个杂技演员和一个苹果。在另一页上面，是一条披肩、一只猫头鹰、一张证书、一条衬裙和一个钟。还有一页上面，是一只刺猬、一只白鼬和一个头上插着羽毛的印第安人。慢慢地，她轻轻地读起来："Ochse、Osterei、Opa、Ohr、Ofen、Oberhemd。"

她边读边猜测着那些符号的意思。很长时间过去了，一点收获都没有。她读着那些单词，一会儿响亮，一会儿低声，一会儿快，一会儿慢。她坚持着，一连很多个晚上都在试着寻找答案。在第十三个夜晚过去之后，她的思路有点清晰了。她再一次缓慢而清晰地读着："O-fen、O-sterei、O-chse、O-pa。"

她的眼前突然一亮。"这些单词的第一个字母都是一样的，"她叫起来，"都是以 O 开头。这个符号一定就是印在图画上的符号。"

她试着用这个办法去看另外几页，果然，真的是 这 样。"A-meise、A-rena、A-prikose、A-krobat。"读 "A-msel" 的时候，她遇到一点困难，因为这个 A 很难读准确。

莉莉老鼠着了魔似的，解读出一个个字母。她很快学会了从 A 到 Z 的 26 个字母，她试着把它们连起来读。

她先从"Opa"这个词获得成功。"O-p-a ……"她断断续续地读着，不满意地摇摇头，看了看上面的画，对自己说："应该连起来读 Opa，而不是 O-p-a。哦，Opa 就是爷爷的意思！"她试着把一个个字母连起来读，拼命地动脑筋。当她终于拼出一个单词的时候，忍不住快乐地尖叫起来。她忘记了孤独，忘记了伤心，有时候甚至忘记了她的饥饿和她的不幸。

有一个晚上，她终于可以阅读了，她能读出那些单词。然后，读出那些句子，一段段话，整个一页。最后，她用一个晚上，把一本书从第一页读到最后一页。当然，那是一本很薄的书。可是，一本薄书也是书。她充满自豪，充满快乐，她忍不住把这个好消息跟别人分享。她悄悄地告诉她最好的朋友老鼠菲丽德利克："告诉你一个天大的秘密。想象一下吧，我能阅读了。"

阅读的秘密

“什么叫阅读?”老鼠菲丽德利克一脸的不明白，“是不是你找到了可以吃的东西?”

“不，不是。”莉莉老鼠笑着说，“阅读就好像你长上了翅膀，可以高高地飞翔，飞出厨房的门，飞到花园大树的上空，一直飞向遥远的地方，陌生的世界。”

“莉莉老鼠，怎么飞呢?”老鼠菲丽德利克惊讶地问，“难道你真的可以飞起来? 就像女厨师故事中讲的飞翔的鱼，还有那种灵巧地飞翔的蝙蝠? 那你就可以飞到有火腿和香肠的天堂，去品尝那些美味。”

“不是这样，亲爱的朋友。阅读，就好像扬帆远航，扬帆驶过那花园后面的小溪，沿着湍急的大河，驶向一望无际的海洋。”

“你玩帆船，莉莉老鼠？驾着一艘真正的帆船，就像那个小男孩在浴缸里玩的帆船，驾着这样一艘帆船，你去远航？‘水是无情的’，女厨师经常这么说。好好想一想吧！”

“不是这样的，菲丽德利克。我怎么才能跟你解释清楚呢？阅读，就像我们用另一双眼睛观察世界。”

老鼠菲丽德利克仔细地看着莉莉老鼠的眼睛。她的眼睛跟以前一模一样，红红的，很清澈。“莉莉老鼠，说真的，你没事吧？”老鼠菲丽德利克忧心忡忡地问。

“我从来没有像现在这样感觉好，我亲爱的妹妹。我只是想给你解释，什么是阅读。你知道吗？每一个故事里，都能找到你自己的一点影子。通过阅读，你对自己更了解了。”

老鼠菲丽德利克沉默不语。她更加不理解莉莉老鼠了。莉莉老鼠在哪里丢失了自己，现在得去寻找回来？难道她在饥饿、恐惧和孤独的折磨下，已经崩溃了？“那你想飞到哪里去？你想扬帆远航去哪里？你想去看什么，找什么呢？”她担心地问。

“就在藏书室里，菲丽德利克。那里就好像一个被施了魔法的宝库。我已经找到了打开宝库的钥匙。”

“鹅肝？梅子酱？几百块蜂蜜蛋糕？”老鼠菲丽德利克惊喜地问。

“不是，亲爱的朋友。几千本书和书里面的故事，故事，故事。”

老鼠菲丽德利克听过很多故事。那都是女厨师讲的人类的童话，从前的故事。就是在老鼠洞里，也流传着很多故事。那些故事讲的是专门谋杀老鼠的猫，口和爪都尖利的猫头鹰，还有那些机关凶险的捕鼠夹。也有很多听了口水直淌的美食故事——烟熏的肥肉、喷香的鲱鱼头和新鲜的冒着泡沫的奶油。还有老鼠们梦中的故事——有一天他们终于爬到了挂满红色香肠和棕色火腿的“老鼠天堂”。她想了很久，疑惑地问：“亲爱的莉莉老鼠，这么说，那些书里的故事，就像装进玻璃瓶里的杏子酱一样吗？”

“菲丽德利克，你指的是什么呢？”

“亲爱的朋友，就是说，密封玻璃瓶装着果酱，书里面装着故事。”

“嗯，是这样的。”莉莉老鼠赞同地说，“差不多是这样。不过，它们还是很不一样的。如果你把玻璃瓶里的果酱吃完了，那里面就是空空的了。可书不是这样。我试试用一个故事来向你解释，这是我读的第一本书，我承认，这是一本很薄的书。”

莉莉老鼠让自己坐得舒服一点，开始讲故事了：

从前有一个很穷很穷的老鼠家庭，全家天天饿着肚子。有一天，老鼠爸爸在一个垃圾堆里找到一小块褐色的面包碎块儿。他当时饿得已经受不了了，真想一口就把面包吞下去。可老鼠爸爸没有这么做，他把面包块儿拖到自己家的洞里去。这一小块面包还不够让全家老鼠吃饱。就在老鼠妈妈为全家分面包的时候，一只年老的乞丐老鼠出现在洞口，哀求说："请分给我一点点面包渣吧，我的肚子里空空的。我已经饿得这么瘦，我的皮松垮地包在骨头上，就是小两号的老鼠皮穿在我身上还嫌大呢！"老鼠妈妈回答说："只有穷人才知道，肚子空着是什么滋味。这点面包也不能让我们吃饱，你就跟我们一起吃吧！"老鼠全家挤了挤，给年老的乞丐老鼠挤出一点地方。乞丐老鼠伸出尾巴，在面包上面晃来晃去。

这可有点没礼貌了，老鼠爸爸暗暗想。

"虽然你们又穷又饿，但你们还是那么大方地对待我。"年老的乞丐老鼠说，"你们邀请我分享这一块小小的面包。所以，不管你们吃多少，不管你们怎么吃，这块面包永远不会吃完。"

“你可真会说大话呀！”老鼠妈妈吱吱地笑起来。可是，她惊喜地发现，她和饥肠辘辘的孩子们，还有她的丈夫，不停地吃着，把肚子吃得滚圆，可那一小块面包真的一点也没变小。

“然后呢？”老鼠菲丽德利克急切地追问。

“如果那块面包没有弄丢的话，那一家老小现在还在啃着它呢！”莉莉老鼠对她的好朋友开玩笑说。

“你为什么给我讲这个故事呢？”老鼠菲丽德利克想弄明白，“我们刚才讲的是阅读。再说，一年到头啃同一块面包，想想就觉得乏味啊！”

“书中的故事就好像那块神奇的面包块儿，不管你怎么啃，它都不会变小的。”

“我说的是——”老鼠菲丽德利克坚持说，“是单调。”

“有道理，你这个尖鼻子！”莉莉老鼠笑着说，“可是，藏书室里有成百上千本书，每本书里的故事都不同，可以换着读。阅读是永远不会让我觉得单调乏味的。”

“可总有一天，你会把所有的书都读完的。”老鼠菲丽德利克坚持说，“到了那个时候，阅读的快乐就没有了。”

“当我把它们都读完以后，我还可以深一步地阅读。我相信，那里面还有很多惊喜在等着我。而我才刚刚开始，离读完所有的书还远着呢！”

老鼠菲丽德利克的额头上出现了四十条皱纹，她还在继续思索。莉莉老鼠不想打扰她，只是在一边静静地等待着。

“阅读是不是像接吻一样呢？”老鼠菲丽德利克突然说。

莉莉老鼠忍不住笑起来。多么奇妙的想法！老鼠菲丽德利克忍不住解释说：“我在想，这也许跟女厨师给小男孩讲的《睡美人》童话有点相似。”

“你怎么会想起睡美人呢？”

“故事都躺在书里面睡觉，不是吗，莉莉老鼠？”

莉莉老鼠点点头。

A-Z

“然后就来了一个阅读者，读啊读，把它唤醒了。这跟睡美人一样。睡美人就是被王子吻醒的。故事有了鲜活的生命，玫瑰花有了芬芳，厨师给厨房帮工一个耳光，睡美人开始翻阅一本书……”

“停住停住，菲丽德利克！”莉莉老鼠打断了她，笑起来，连眼泪都笑出来了。她接着说：“你可真会胡编乱造。”然后，她沉默了，陷入了沉思。过了一会儿，她才说：“你真的理解了，我亲爱的朋友，你举了一个非常非常美的例子。”

“一个人得学会阅读。”老鼠菲丽德利克叹息着。她羡慕的目光掠过书架上那一排排密密麻麻的书籍，嘴里轻轻地念着：“飞翔，远航，寻找，观看，吻醒……”她好像沉入了梦乡。后来，老鼠菲丽德利克问：“你说，莉莉老鼠，你真的能把书里的故事都唤醒吗？”

“都能。”莉莉老鼠骄傲地回答。

客厅的座钟敲响了。

“七点钟了！”莉莉老鼠叫起来，“你快回你的洞里去吧！记住，为我保密！”

冬天里的小火车

第一个寒冷秋夜的到来，给花园披上了一层白白的霜。当女厨师刚刚钻进温暖的被窝，老鼠们从各自的洞穴里钻出来活动时，老鼠贝尔塔激动地从儿童房里跑了出来，大喊着：“快来看，那小孩子在我们的房间里放了什么！这样的东西，还没有一只老鼠见到过呢！”

整个鼠群都很好奇，大家跟着她上楼梯，到了儿童房。地上铺着两条银色的轨道，它们有时弯曲，有时笔直，穿过整个房间。那些小小的、连老鼠都钻不进去的房子，散落在轨道两旁。在轨道的最顶头，放着两节小小的、红色的车厢，它们的车轮正好能放在轨道上。旁边还有一条轨道，上面放着一个黑色的、有点沉重的东西，有八个轮子。在它前部的轮子上面安着一个圆筒形的锅炉，上面有一根烟管子。在管子口上放着一点棉花，看起来像烟囱里冒出来的烟。

“这是什么东西？”最强大的威利巴尔德问。

莉莉老鼠贴着房间的墙站着，她弯腰看了看一个蓝色铁盒，铁盒的上部有很多红色的开关，在一个牌子上写着“电动火车模型”。

“这是一辆电动火车。”她说。

“哦，就你聪明，电动火车。”威利巴尔德居高临下地说，“好像我们自己不知道似的！可什么是电动火车呢？怎么玩呢？”

“车厢可以顺着铁轨行驶。”莉莉老鼠回答说。她在一本书上看过火车，她想象中的火车头和车厢比这个大很多很多。

“开车很好玩，我们马上就来试试。”最强大的威利巴尔德说，“假如你骗我们，你这白色的妖精，我们就把你从厨房推窗扔到花园里去。让猫撕了你！”他爬到第一节红色的车厢上面。“现在呢？”他问。

莉莉老鼠浑身颤抖着，因为害怕，她说不出话来。

“我觉得，得使劲推车。”老鼠卡勒说。

“那当然！推吧！”最强大的威利巴尔德高高地站在车厢上，下命令说，“老鼠菲利普、老鼠卡勒、老鼠埃米尔和老鼠霍格，你们听我的指挥，推车。”这些公老鼠们站在车厢的后面和侧面。最强大的威利巴尔德大声数着：“一、二，一、二，开始！”

四只老鼠拼命推起来，车厢向前滑动。威利巴尔德没站稳，从车厢上摔了下来。他吓了一大跳，脸抽搐起来，好像马上要哭出来了。胖老鼠海尔曼凑到他面前，低声提醒他：“老鼠首领不能哭！永远记着，像特里尔面包一样坚硬！”

老鼠菲利普见威武的首领在地上打滚，忍不住笑起来。狡猾的老鼠约瑟夫发出一声尖叫，把所有的老鼠都吓了一跳。

“安静……”他声嘶力竭地喊，“安静——”他把“静”这个字拖得很长很长，把所有老鼠的注意力从暂时不那么强大的威利巴尔德身上转移到他自己身上。“老鼠菲利普，出来！”

“我吗？为什么是我？”老鼠菲利普问。

“难道我们鼠群里还有另一个菲利普吗？”老鼠约瑟夫反问说。有几只老鼠笑起来。

老鼠菲利普向前走了几步。

“菲利普，你竟然想推翻我们尊敬的、爱戴的首领。”

“我？”菲利普不解地问。

“除了你，没有第二个叫菲利普的了，你就是作案者！就这样。”

“可推车的不止我一个。”老鼠菲利普试着为自己辩护。

“你们都听着，”狡猾的老鼠约瑟夫说，“他自己已经承认，他和另外几只老鼠预谋陷害我们最尊敬的首领，最强大的威利巴尔德。”

“不是的，不是的。”老鼠菲利普辩解说，“我们本来想……”

“安静！”狡猾的老鼠约瑟夫打断了他的话，“你自己已经承认了，就这样。”

威利巴尔德爬了起来，从惊恐中恢复了常态。“报仇！”他恶狠狠地咆哮着，“我发誓，所有想谋杀我的人，我一定不会亲自惩罚他们的！我会把他们从厨房的推窗扔进花园里，让猫的利爪去撕裂他们。马上把他们扔出去！”

“下一次肯定不放过。”狡猾的老鼠约瑟夫说，“这一次，我建议，我们可以宽宏大量一次。我们给那些罪犯一个立功的机会。快去，你们四个家伙，到车厢那里去，展示一下你们的力量。像蝙蝠一样敏捷，像特里尔面包一样坚硬，像猪皮一样柔韧！”

公老鼠们又回到车厢那里，准备再推车。威利巴尔德有点胆怯地看看车厢，还是爬了上去。这一次，他像块煎饼一样摊在车厢上面。公老鼠们小心地推着车厢。车厢沿着轨道，一会儿笔直行驶，一会儿拐弯，绕了一个大圈，最后回到了起点。威利巴尔德很满意，一次次地要求再来一遍。

“让我们也上去试试吧！”胖老鼠海尔曼请求说。

“这里到底谁是首领?”威利巴尔德恶狠狠地对他说。胖老鼠海尔曼满心恼火，绷起了脸。

狡猾的老鼠约瑟夫想出一个办法。他爬上另一节车厢，让其他的老鼠推他。胖老鼠海尔曼也学着他的样子，爬上了黑色的火车头。可是，不管其他老鼠怎么使劲，火车头连动都不动一下。

两个小时以后，威利巴尔德终于过足了瘾。他要求老鼠们把他从车厢上面抬下来。

老鼠菲利普因为长时间推车，累得膝盖直发颤。这回，他说什么也不干了：“你自己下来嘛！你不是最强大的吗?”

其他老鼠也都不满地沉默着。

威利巴尔德什么也没说，他从车厢上面用他强有力的尾巴闪电一样抽打在老鼠菲利普身上，他的卫队也向老鼠菲利普扑去，老鼠菲利普倒在地上。莉莉老鼠大声尖叫起来，因为她看见老鼠菲利普遍体鳞伤，浑身是血。

“小子，这就是你的下场。”威利巴尔德咆哮着，“你给我记着，下一次，我就把你扔到花园里去。”他狠狠地看着莉莉老鼠，继续说：“每个同情者，也都会得到同样的下场。虎斑大猫正等着呢！”

老鼠霍格和老鼠埃米尔把最强大的威利巴尔德从车厢上抬下来。威利巴尔德和蔼可亲地向他们点点头。

电动火车的按钮

一个个夜晚，老鼠们不得不撒豌豆捡豌豆、把窗帘拉上再拉开，然后把车厢从这里推到那里。莉莉老鼠在书里读到，其实根本用不着辛辛苦苦推车。只要按一下蓝色铁盒上的第一个红色按钮，火车头就会牵引着车厢往前开。莉莉老鼠开始不想把这个秘密告诉别人。可是，她实在不忍心看着推火车的老鼠们精疲力竭的样子，更不忍心看着老鼠菲利普被折磨。有一个晚上，她终于说出了她的秘密。

“这是红眼睛叛徒编造的谣言。”胖老鼠海尔曼咕哝着。

“自作聪明的家伙应该用事实向我们证明。”狡猾的老鼠约瑟夫接着说，“如果她说谎，就马上把她扔到花园里让猫撕了。”

老鼠们充满期待地坐在铁轨旁。莉莉老鼠爬到蓝色的铁盒上面，按下开关。她差点给吓得半死。五十个小灯同时亮了起来，绿色的、红色的和白色的。老鼠们吓得四处逃窜。几分钟以后，他们才慢慢地从各自的洞穴里钻出来。什么也没有发生，莉莉老鼠完好无损地坐在蓝色铁盒的上面。

“注意了！”她说，“现在开始了。”她使劲把开关推到速度一档。火车头开动了。莉莉老鼠利索地把一节节车厢都连在一起。

狡猾的老鼠约瑟夫暗暗看着她的每一个动作。“怎么停下来呢？”他问。

莉莉老鼠告诉了他。

“你们想上车吗？”莉莉老鼠问鼠群。

“只有首领和他的朋友才能上车。”狡猾的老鼠约瑟夫宣布。

“我无所谓。”莉莉老鼠说着，把火车停了下来，“请上车吧！”

“你想得美，你这奸诈的叛徒。”狡猾的老鼠约瑟夫骂着，“我们上了车，你就把车开得飞快，让我们都摔死。不，我们不想这样。滚回你的藏书室，那里才是你待的地方。不过，很难说你还能在那里待多久。”他粗暴地把莉莉老鼠从蓝色的铁盒上推下去，自己按动了按钮。老鼠们很满意，他们才不管是谁在操纵开关。重要的是，他们可以舒舒服服地看着，不再需要推车了。

莉莉老鼠的心情坏透了。“我真的应该离开这里。”她对自己说，“我在这里很孤独，没有人理睬我。在别的大宅里，还能找到别的鼠群。其实，我们祖先老鼠库贝斯，也是从别的地方迁移到这里的。”可是，她突然想起古老座钟长长的钟摆、雪白瓷盆上滴着水的龙头、美妙的书本，还有那奇妙的“老鼠天堂”。“难道就丢下这一切离开吗？”她又问自己，

“我熟悉这座大宅里的每一个角落，每一个缝隙。难道老鼠菲丽德利克和老鼠卡勒不是我的朋友吗？我会想念他们的。”然后，她又想起了老鼠菲利普。一想到老鼠菲利普，她就一阵发热，又一阵发凉。她自己也不知道这是为什么。

狡猾的老鼠约瑟夫很快就厌倦了操纵火车，于是教老鼠霍格怎么操纵。老鼠霍格受宠若惊，因为老鼠约瑟夫亲自任命他为“按钮和手柄的操作员”。

对首领和他的同伙们来说，电动火车非常有用。每当他们发现鼠群里有对抗倾向时，他们就让老鼠们坐一个小时的火车。大部分老鼠坐过火车后又振作起来，高呼：“一个首领，一座大宅，一个鼠群！”

可是，冬天里的一个晚上，一切享乐都结束了。那个小男孩把电动火车拆了，把轨道、信号灯、车厢和火车头，一股脑儿地装进了一个盒子里。

快乐的乘车旅行结束了。

通天塔计划

小男孩现在玩起了积木，那种装在一个大木箱里的，带着自然木纹的大小木块。因为冬天实在太冷，儿童房里不够暖和，小男孩大部分时间都在厨房里玩。他在那里用木块搭宫殿、街道和桥梁。每天傍晚，女厨师都提醒他，让他把积木整齐地收进木箱子里。

晚上，老鼠们长时间地打量着这新玩具，不时从箱子里拖出这一块或者那一块，但他们不知道该怎么玩，只得摇头。

老鼠卡玲抱怨说：“用来做窝太硬了，放在洞里碍手碍脚的。”

“我们可以用它们来搭秋千。”莉莉老鼠开心地说，“还可以搭平衡木，搭想象中的迷宫，搭滑梯。”

“胡说什么呢?”威利巴尔德骂起来，“想象，想象！一文不值的玩意儿，毫无用处的提议。不过，你那脑瓜里，还能指望有什么好主意呢？烂脑瓜里只有烂主意。让那些想象见鬼去吧！我们只相信我们能闻到的、看到的、听到的东西。对我们来说，就足够了。空中城堡只适合空想家。脚踏实地的老鼠才不会稀罕这样的东西。就这样！”

狡猾的老鼠约瑟夫已经察觉，老鼠们还惦记着电动火车，大家情绪低落。他对首领说：“我们得为鼠群想些新花样。无所事事最容易出事。”

“好，可还不是最好。”最强大的威利巴尔德说，“那我们有什么新花样呢?”

“鼠群必须干活，否则一群愚蠢的老鼠会生出危险的念头。”狡猾的老鼠约瑟夫对鼠群很了解。

“对，对。”威利巴尔德赞同说。他偷偷想，这家伙真烦人！他最好去找个老鼠婆娘，生一窝小崽子。

“我们要进军天堂。”狡猾的老鼠约瑟夫坚定地说。

这个建议把正在一边养神的胖老鼠海尔曼吓了一大跳。“天堂？”他不敢相信自己的耳朵，“进军？”

狡猾的老鼠约瑟夫充满信心地说：“我们要去征服有香肠和火腿的天堂。”

“进军！征服！好，可还不是最好。”威利巴尔德提醒说，“约瑟夫，我问你，你有什么办法去进军，去征服呢？”

“瓷砖的墙壁滑溜溜的，爬墙是有生命危险的。”胖老鼠海尔曼知道得很清楚，“想想我们的太祖母桑德拉，她聪明又有力，结果呢？她沿着墙往上爬呀爬，就在快要到达有香肠和火腿的天堂的时候，她摔了下来，折断了脖子，死了。”

“请别旧事重提。”老鼠约瑟夫恼火地说，“我们生活在一个飞速发展的时代，现在还有谁会用爪子

去爬瓷砖墙呢？我们可以用积木搭一座通天塔。”

最强大的威利巴尔德和胖老鼠海尔曼崇敬地看着老鼠约瑟夫，不停地点头。“不错，我们建一座通天塔。这是个好办法。”威利巴尔德赞同地说。

狡猾的老鼠约瑟夫向他俩讲述了具体的计划，他们一起对可能出现的困难做了前所未有的充分思考。

七个夜晚以后，最强大的威利巴尔德在鼠群里宣布，他将带领大家走向天堂。当他看到那些怀疑的目光，听到惊讶的窃窃私语时，他说：“命运给我们送来了木箱子里的积木，我们现在就用它们来建造一座通天塔。像蝙蝠一样敏捷，像特里尔面包一样坚硬，像猪皮一样柔韧！我们建造一座通天塔，一直通到有香肠和火腿的天堂。到了那时候，到了那时候……”他再也说不下去了，因为口水已经哗哗地流下来了。

老鼠们期待地昂起头，仰望着油光光的酱肝肠、红红的灌肠、烟熏肉泥肠和香肚，还有高高挂在天花板下面的两条烟熏的猪腿。他们的眼前闪过无数美丽的梦想。

“这不可能。”老鼠菲利普说。

莉莉老鼠想起她读过的一本书。很久以前，人类想造一座巨大的通天塔，最后以失败告终，这座塔叫作巴别塔。

“这不可能。”老鼠菲利普重复说，“昨天小男孩还用积木搭高塔，一座很高很高的塔，后来轰隆一声倒下去了。我可不想被压在那些木块下面。”

“我们可以把不可能的事情变成可能。”威利巴尔德夸口说，“就这样！”

“人类的手指很僵硬粗糙，感觉不敏锐。”狡猾的老鼠约瑟夫下结论说，“怪不得高塔会倒下来。而我们的爪子柔软细巧，我们会小心翼翼地把一块块积木摞起来，把塔一层层搭上去，笔直向上，一直到桌子那么高。然后，再一点点往上，直到吊灯那里。大胆而仔细，我们一点点往上搭，我们一定能进军天堂！天堂！天堂！”

鼠群爆发出不可思议的欢呼声。老鼠们先是狂野地叫唤着，而后渐渐汇成了同一个声音：“一个首领，一座大宅，一个鼠群！”

老鼠们一遍遍地叫着，这声音在大宅里不停地回响，老鼠们都声嘶力竭了，还是不愿意停下来。

“可是，如果高塔倒塌了，把我们埋在下面了怎么办?”老鼠菲利普高声问。莉莉老鼠看出，他吓得浑身发抖。就在这一刻，她知道自己爱上了老鼠菲利普。她知道，老鼠菲利普非常独特。他虽然害怕，但还是挺身而出。

老鼠们终于安静下来。老鼠菲利普爬到椅子扶手的最高处，他喊：“你们想向天堂发起进攻，可你们想从中得到什么呢？你们觉得天堂有什么呢?”

“我们可以吃到很多美味。”老鼠埃米尔说，“那么多美食，我们再也不会饿肚子了。上面挂着的好东西，全都属于我们。”

“吃饱肚子不应该是我们的全部目标。”老鼠菲利普说。

“我们不需要每天为了寻找食物而辛劳。如果我们能够到达天堂，我们就可以享福了。”胖老鼠海尔曼陶醉地说。

“享福也不是我们的全部目标。”老鼠菲利普轻声说。

“如果我们到了天堂，”老鼠咪咪用颤抖的声音说，“我们就不用害怕虎斑大猫了。它可到不了那么高的地方。”

“不用担惊受怕了，老鼠咪咪，这确实不错。”老鼠菲利普赞同地说，“可这也不是我们的全部目标。”

“住嘴吧！”狡猾的老鼠约瑟夫下令道，“有吃有喝，有安全感，不用担惊受怕，你还想要什么？”

“天堂，我想，应该还有更丰富的东西，无穷无尽。”老鼠菲利普轻声说。

“现在你给我闭嘴！不要再胡说八道了。无穷无尽！有谁听过这样的废话吗？”狡猾的老鼠约瑟夫挺起身子说，“技术和进步将为我们打开通往天堂的大门，我们一定会建成通天塔。就这样。谁想破坏我们的计划，谁就是坏蛋。”

老鼠们向老鼠菲利普扑过去，把他打翻在地，还不停地践踏他。

“你诋毁我们最卓越的计划。”老鼠们咒骂着。狡猾的老鼠约瑟夫用恶毒的声音说：“你是个颠覆分子。”

没有一只老鼠明白这是什么意思，可听起来那么尖利、那么可怕。

“再向前走一步，你就越界了，老鼠菲利普，那你就完蛋了！”最强大的威利巴尔德咆哮着说。

“说到底，你跟白妖精莉莉是一伙的，根本不属于我们的鼠群。”胖老鼠海尔曼火上浇油，“你配不上‘老鼠’这个称号。异类老鼠，这个名字很合适！”

老鼠们都转过身去，不再看老鼠菲利普。他们等待着首领的指令。

“我想，我们应该认真准备。我们第一步先练习搭木块。”威利巴尔德说，“敏捷，坚硬，柔韧！到清晨的时候，我们把木块装回箱子里，这样就不会引起小男孩的注意。等我们练得熟练快速以后，我们就可以在一夜之间建起一座通天塔。”

“想得到，就做得到。”狡猾的老鼠约瑟夫总结说，“今天晚上我们好好庆祝一下。最强大的威利巴尔德委托我向大家宣布，今天晚上，食品储藏室向大家开放。”

“但是，颠覆分子，嗯，覆分颠子，不，不是覆分颠子，见鬼！”最强大的威利巴尔德语无伦次，最后说，“异类老鼠除外。”

“当然，莉莉老鼠也除外。”胖老鼠海尔曼补充说。

“那当然。”首领肯定地说。

让时间停止

老鼠们冲进储藏室。他们咬着，啃着，咂巴着，还聊着天。然后，他们把莉莉老鼠从藏书室里叫了出来。因为他们发现了一个铁皮盒，里面是他们从未见过的褐色的粉末。

“也许是毒药。”胆小的老鼠咪咪猜测。

“让莉莉老鼠来看一看，上面写的是什么。”老鼠菲丽德利克提议说。

莉莉老鼠被叫过来，她读着：“精美鼻烟，专供行家。”

大家都面面相觑，不知道什么意思。“有些人类用鼻子嗅吸这褐色的粉末，可以提神，让喉咙通畅。”莉莉老鼠解释说，“反正人类就这么认为的。”她没有告诉大家，人类也可能被鼻烟熏得打喷嚏，甚至流眼泪。

他们应该受到惩罚！莉莉老鼠想。在走出储藏室时，她向老鼠菲丽德利克做了个鬼脸，轻声说：“小心，这东西会爆炸。”

老鼠们都希望能提起精神。威利巴尔德让他们用力嗅吸鼻烟，以便他们喉咙通畅。接下来，他们还得合唱勇敢的《老鼠之歌》。威利巴尔德自己冲到前面，用力吸了一大口。所有的老鼠都挤过来。老鼠菲丽德利克故意落在后面，她还悄悄地警告老鼠卡勒。他俩等着发生爆炸，但接下来发生的事出乎他们的意料。首先，最强大的威利巴尔德大口地喘着气，眼珠子都快迸裂了。他狠狠地打了一个喷嚏，那喷嚏把巨大的座钟都震出了回响。又是一个，再来一个。接着，其他的老鼠也跟着一起打起喷嚏来。

他们流鼻涕、打喷嚏，就好像鼠群中爆发了一场大感冒。大家眼泪汪汪，灵巧的老鼠鼻子里不停地往下淌鼻涕。

他们一直打着喷嚏，打到座钟敲了七下。老鼠的晚会以出乎意料的方式结束了，合唱已经没法举行了。

在威利巴尔德的卫兵中，平时一贯慢吞吞的老鼠安达尔贝特，嗅过鼻烟以后，头脑真的清醒起来。他为第二天晚上建造通天塔想出了一个聪明的计划，并且他还想出了一整套训练方案，什么时候应该做什么、怎么做。最强大的威利巴尔德很欣赏老鼠安达尔贝特，让他当上了鼠群的监工。老鼠安达尔贝特开始负责建塔的准备工作。

老鼠们吃力地搬运着木块，用后背顶着，把它们竖起来，再把横梁架上去。老鼠们把方正的积木摞起来，把圆柱体的积木推过来，小心地搭成拱形。最强大的威利巴尔德坚持让大家把豌豆撒到地下，把窗帘合起来。他们每夜都忙得气喘吁吁、精疲力竭。

慢慢地，他们学会了怎么对付那些积木。

当座钟敲响五下，到了他们必须把一切恢复原状的时候，老鼠安达尔贝特就抱怨说："夜晚太短了。"

在第四个夜晚，他们的通天塔第一次建得跟桌沿一样高。在第八个晚上，五点钟左右，他们的通天塔接近吊灯的高度。这个计划看起来很可行，只是，就差最后一截。不管他们怎么努力，他们的通天塔都到达不了吊灯的高度。因为当座钟敲响五下的时候，他们不得不把一切恢复原状，在五点到七点的两个小时里，他们必须把积木装回木箱子。

"这样下去不行，这样下去不行！"老鼠安达尔贝特绝望地说，"我们还需要几个小时。夜晚太短了。"

狡猾的老鼠约瑟夫意识到，鼠群的积极性开始减退。老鼠们疯狂地干着，他们的通天塔每天晚上都比前一个晚上高出一截。可是，吊灯的灯罩好像是他们的极限。鼠群的气氛越来越低落。狡猾的老鼠约瑟夫想出了一条妙计。他花了好几个小时说服最强大的威利巴尔德。威利巴尔德的眼睛又发亮了，他像以前一样充满了信心。

他把鼠群集合到一起，把他们的决定告诉大家："亲爱的朋友们，你们真的太出色了，你们竭尽了全力。你们拖着沉重的木块，就像拖着轻飘飘的羽毛，一块又一块。你们把它们搭起来，我们的通天塔笔直向上。它高达桌沿，它高达吊灯，就差一小截，我们就可以到达天堂了，可我们的计划没有实现。"

"我早就提醒过好多次了。"老鼠菲利普说。

"是的，你早就说过好多次了。你的聪明也到头了，滚出去，你完了！有你这异类老鼠在，我们就没法成功。按你的说法，我们就永远建不成通天塔。可是，我们，我们已经找到了解决的办法，一个伟大的办法。伟大的办法也是最简单的办法。"

"再让我们加快干活的速度，我们做不到了。"老鼠霍格大声喊。

"五点钟我们就得把一切恢复原状。要不然，被女厨师发现了，我们就会倒霉的。”老鼠咪咪害怕地说。

“你们说得都有道理。”最强大的威利巴尔德赞同地说，“不管我们怎么努力，到座钟敲五下的时候，我们不可能比现在造得更高了。最晚到七点，我们必须回到自己的洞穴里去。简单地说，是时间阻止了我们到达天堂。”

“确实如此。”老鼠菲利普赞同地说，“没有任何力量可以对抗时间，当座钟敲七下的时候，我们的时间就结束了。”

“就因为这个，我们要让座钟停摆。让它不再敲五下，也不再敲七下，我们要让时间停止。”最强大的威利巴尔德用自豪的目光，信心满满地扫视着鼠群。

“好，可还不是最好。”老鼠菲利普模仿着威利巴尔德的语气，“我请教你，伟大的首领，你怎么能让时间停止？”

“我们让钟摆停止摆动。如果我们能让钟摆停下来，那时间就不再往前走了。时针不再移动，时间就停止了。”

首领的英明让老鼠们十分惊叹。

“很清楚。”老鼠卡玲赞同地说，“你们都应该能想明白。如果时间停止了，我们就可以安心地把通天塔造到天堂了。”

“不再有时间了？”连老鼠菲利普也被这个主意吸引了，“没有昨天，也没有明天。”他低声说，“唯一剩下的就是，现在。这个主意，以前还没有一只老鼠想到过。”

莉莉老鼠的插话打断了他的思考。“可座钟不是制造时间的，在座钟被发明出来之前，时间就已经存在了。”

“住嘴，住嘴。”狡猾的老鼠约瑟夫大叫起来，“就你聪明，你想否定我们最好的主意。你给我们带来坏运气，你让我们走向毁灭。座钟把我们禁锢在时间里，我们要打破这个禁锢。我们将是凌驾于时间之上的主人，我们要消灭时间。我宣布，我们要消灭时、分、秒!”

狡猾的老鼠约瑟夫激动得一反常态。他看起来就像人类刷牙齿的时候，用了太多的牙膏，满嘴都是泡沫。

“行了，行了。”胖老鼠海尔曼试着让他重新安静下来。

“我们先休息六个晚上，养精蓄锐。”最强大的威利巴尔德宣布，“在第七个晚上，我会让时间停止下来，我们将造成通天塔。就这样。”

14

故事的传播

这些天里，莉莉老鼠把一些书里的故事讲给大家听，有时候也读给大家听。最初的听众只有老鼠菲丽德利克和老鼠卡勒。后来，老鼠菲利普加入了，被罢免的会议召集人也来旁听。再后来，许多老鼠都加入了听众队伍，特别是那些年轻的老鼠们。

莉莉老鼠给大家讲罗马帝国的皇帝奥古斯都，他想征服全世界。在他活着的时候，他总是一边高喊着“和平，和平”，一边把士兵们送上战场，让他们战死。还有罗马帝国的统治者尤里乌斯·恺撒也是莉莉老鼠的故事人物。她为大家讲述无数士兵为恺撒战死的故事，讲士兵妻子和母亲们的眼泪，最后是恺撒恐怖的结局：他被自己的朋友们刺杀，倒地而死。还有匈奴皇帝阿提拉和他妄想征服全世界的野心。老鼠们还听到了可怕的拿破仑的故事，他向他的士兵们许诺公正和自由，却把他们带往饥渴和死亡。

莉莉老鼠不分白天黑夜地讲着，连瞌睡都不愿意打一个。到第三天，有一只年轻的老鼠问："这些人说是要把大家带进天堂，其实是把大家带往地狱。人类管这些可怕的家伙叫什么呢？"

"他们被叫作大独裁者。"莉莉老鼠回答说。

"难道人类就没有办法对付这些大独裁者吗？他们不会反抗吗？"年轻的老鼠继续问。

"他们当然可以。"老鼠菲利普回答说，"可大部分人很害怕，非常害怕。他们想，我们最好还是服从。如果我们说什么，如果我们反抗的话，我们就会没命的。"

“身为老鼠，我们是多么幸运啊！”老鼠卡玲兴奋地说，“在我们的世界里，绝不会发生这样的情况。”

“在书里没有我们老鼠的故事吗？”老鼠卡勒想知道。

莉莉老鼠想了想说：“当然有，有不少老鼠的故事呢！我仔细想想，多得惊人呢！有老鼠诗人，老鼠思想家，老鼠英雄，老鼠胆小鬼，田鼠，家鼠……可是，我有一种很特别的感觉。当我读老鼠书的时候，我经常觉得人类写老鼠故事的时候，其实就是在写人类自己。”

“那些人类，真的很奇怪。”老鼠卡勒叹着气说，“谁能理解他们呢？”

狡猾的老鼠约瑟夫也很仔细地听了莉莉老鼠讲的故事。他的脸色一天比一天难看。他发现，很多老鼠开始思考起来。他去找最强大的威利巴尔德，说：“我从来没有想到，故事这么有力量，这么有效果。从今天起，我相信故事可以改变老鼠。”

“就算这样吧!”胖老鼠海尔曼说,“即使有一两只老鼠改变了,又有什么关系?我们可以把他们扔到花园里,让猫过把瘾。”

“很多老鼠聚合起来,就可以改变世界!”狡猾的老鼠约瑟夫自言自语着。

威利巴尔德愤怒地叫起来。狡猾的老鼠约瑟夫的担心,他也觉察到了。前几个晚上,他喊了十七遍“猫来了,猫来了”,听故事的老鼠们才陆续地从莉莉老鼠那里跑回自己的洞穴。威吓多了,就不起作用了。昨天晚上,鼠群对他的警告连理都不理。这让首领感到非常震惊。

“我们一起到储藏室去。”他命令狡猾的老鼠约瑟夫和胖老鼠海尔曼,“我们在那里不会受到干扰,也不会被别人偷听,我们得好好商议一下。”

他们把脑袋凑到一起商量着。然后,他们回到客厅,召集鼠群开会。威利巴尔德登上他的红色丝绒座椅的扶手。

“我亲爱的灰色大宅里的朋友们,”他用甜蜜的声音开始演说，“身处险境的你们，需要一位领袖，一位救星。我有幸成为你们的首领。从日落到日出，我无时无刻不在为你们考虑，为你们工作。一切都是为了让我们鼠群过得更加美好，让我们安居乐业地生活。是不是这样？”

“是的！”胖老鼠海尔曼坚定地高喊起来。

“一个首领，一座大宅，一个鼠群！”狡猾的老鼠约瑟夫喊。

只有为数不多的老鼠呼应着他。

“对啊，确实如此！”最强大的威利巴尔德说，“猫在我们宅子周围活动。那巨大的虎斑大猫，有着闪闪发亮的绿眼睛、玫瑰红的舌头、长长的白色胡须，它的爪子像匕首，牙齿就像除草机。难道不是这样吗？”

“确实如此！”威利巴尔德的卫队回答说。很多老鼠也呼应着。

有些老鼠脖子上的毛全都竖起来了，他们实在太害怕虎斑大猫了。

“但是，你们，灰色大宅里坚强的老鼠们，你们时刻保持着警惕。你们每天出操练习，三人一纵队，六人一纵队。当‘猫来了，猫来了’的警报发出时，你们逃回洞穴——迅捷如闪电；你们把豌豆撒在地下，又把豌豆收起来——敏捷如蝙蝠；你们把窗帘拉开、合起——坚硬如特里尔面包；你们练习搬运木块——柔韧如猪皮。你们中没有一只落到猫爪下，小老鼠没有，老老鼠也没有。自从我当了你们的首领，鼠群就过上了安全无忧的生活。难道不是这样吗？”

几乎所有的老鼠都同时回答：“是这样，确实是这样。”

狡猾的老鼠约瑟夫又喊起来：“一个首领，一座大宅，一个鼠群。”这一次，有更多的老鼠跟着呼喊起来。

最强大的威利巴尔德举起了一只爪子。

“可是，最近，我们中有一个家伙在破坏我们集体的安全，把大家宝贵的生命当儿戏。”他严肃地说。

“我们中间?”老鼠们吃惊地问着，怀疑地互相打量着。

“我们中间出了叛徒?”

“在我们美丽的灰色大宅里，出了一个敌人?”

“我们鼠群里出现了一个坏蛋?”

老鼠们互相问着。

“确实是这样。”威利巴尔德加强了语气，“这家伙企图让我们停止操练，这家伙想让我们不再撒豌豆。是的，这家伙甚至到达这一步，让大家完全忽略了‘猫来了，猫来了’的警报声。她偷走了我们的时间，她诱骗我们的下一代。简单地说，我们面临的最大危险不是虎斑大猫，最大的危险来自我们中间。”

“比虎斑大猫还危险?”老鼠咪咪颤抖着问。她的眼睛里充满了恐惧。

“谁是叛徒?”老鼠霍格问。

“快告诉我们，敌人在哪里?”老鼠埃米尔咬牙切齿地问。他是威利巴尔德卫队的头领。他摆好了姿势，准备向着坏蛋猛扑过去。

“这个敌人是白色的，有着红色的眼睛。”最强大的威利巴尔德用爪子指着莉莉老鼠。

“莉莉老鼠？”老鼠们困惑地问。

大部分的老鼠都把莉莉老鼠看成一个毫无威胁的小东西，难道这只小小的白老鼠比猫还要危险？

“我决不相信。”老鼠菲丽德利克坚定地说。

“请安静一下，请安静一下。”老鼠咪咪吱吱地说，“这是生死攸关的大事呢！”

“我决不相信，决不！”老鼠菲丽德利克大叫起来，“莉莉老鼠很聪明。莉莉老鼠能读书，难道你们把听她读故事的美好时光都忘记了吗？我们跟随着她的朗读去遥远的世界飞翔，难道你们也忘记了吗？难道你们不记得，我们在汹涌的河流，在辽阔的大海上扬帆远航？难道你们不记得，你们怎么用另外一双眼睛看世界，找回迷失的自己？”

“现在安静！”狡猾的老鼠约瑟夫命令说，“现在的形势太紧张，没有时间听你耍嘴皮子。”

他跳上座椅的另一只扶手，大声喊："你们都亲耳听见了，她还带你们到遥远的世界去了。你们的思想在河海上迷乱地漂荡，你们不再相信自己的眼睛，而用另一双眼睛去看世界。她让你们成为睁眼瞎，让你们看不见我们周围的危险，看不见我们面临的猫带来的死亡威胁。"

他停顿了一下，周围一片寂静。

"如果猫迈着天鹅绒一样轻柔的脚步溜进大宅，你们还能听见吗？如果猫把你们一个接一个从这里拖走，你们还能够发现吗？不可能！不可能！那些故事让你们又瞎又聋。所以说，不能再讲故事了。立刻停止，就这样。"

"安全第一。"老鼠阿达尔贝特呼应说。

"再说，朗读完全是浪费时间。"胖老鼠海尔曼恶狠狠地说，"为了我们那个登天之夜，我们急需时间养精蓄锐。"

"可是，故事很重要，也很美丽。"莉莉老鼠壮起胆子轻声说，"还记得吗？你们那么喜欢听女厨师讲故事。”

“我不问你，你就不能开口说话！”最强大的威利巴尔德咆哮着，“现在我问你，你这白色的妖精，通过阅读，人们是不是会忘记时间，忘记钟点？”

“是的，可是……”

“没有可是。通过阅读，人们会陷入沉思，不是吗？”

“是的，可是……”

“不许你老说‘可是’。通过阅读，人们会着魔，不是吗？”

“一点不错。”一只年轻的老鼠肯定地说。

“好吧！你们自己也看清楚了，那些都是卑劣的把戏。”

最强大的威利巴尔德转身面向大家，说：“这下你们明白了吧？就这样，现在开始，禁止读故事。就这样，也禁止给别人讲故事。禁止书里所有的故事！如果谁读故事、讲故事，或者听故事，谁就是我们鼠群的敌人。书的用途就是供我们攀爬、滑溜、跳上跳下，需要的时候在后面藏猫猫。不，现在藏猫猫也是禁止的。最好把书一页页都撕下来，把它们全烧掉。如果谁不遵守规定，我们就把他赶出大宅，把他从厨房的推窗扔出去喂猫。我用我这条美丽的、长长的尾巴起誓，谁敢违反规定，就会被扔出去。别想有更好的结果，就这样。”

“那晚上女厨师在厨房里讲的故事呢？”老鼠菲利普问。

“所有的故事都禁止。人类是我们的敌人，难道你们想听他们的话，站到他们那一边去吗？不，一千个不。所有的故事都禁止。就这样！”

老鼠菲利普还想说什么，但狡猾的老鼠约瑟夫打断了他：“天快亮了，座钟马上就要敲七下了。大家回洞穴去。”

“幸好他没有禁止我读书。”当莉莉老鼠蜷起身体准备睡觉的时候，她突然想到了这一点。即使这一天是这样的恐怖，她在睡梦中也笑了起来。

老鼠菲利普的命运

养精蓄锐的日子过得很快。这些天，老鼠们吃吃喝喝，在大宅里散步，在座钟的钟摆上荡秋千，他们不断地仰脸看着“老鼠天堂”的美味，时不时唱着一首新歌。这歌曲让大家勇气满满，信心满满。

天堂好，天堂好，
“老鼠天堂”就是好。
通天的道路，首领来指引，
通天的高塔，鼠民来建造。

嘿，吼，嘿，吼，
我们强大的威利巴尔德，
发出了号召。

接下来是第二段：

公老鼠，母老鼠，
不怕艰难不怕苦。
时间已停步，时机要抓住，
自己的命运，自己来做主。

嘿，吼，嘿，吼，
最最强大的威利巴尔德，
发出了号召。

第七个夜晚，老鼠们都急切地等待着女厨师离开厨房。她的脚步声刚刚消失，老鼠们就冲出了他们的洞穴。

胖老鼠海尔曼、鼠群中的重量级老鼠霍格，还有比一般老鼠重一些的老鼠保罗，一起跳上钟摆。钟摆在他们体重的压迫下晃动的幅度越来越小，越来越小，最后停了下来。没有嘀嗒声，指针也不再移动。看起来，时间真的停止了。

在一片寂静中，老鼠们开始干活了。老鼠阿达尔贝特不需要下任何指令。每一个动作都经过了无数次训练，利索到位。一块块积木一层层摞上去，桌沿的高度达到了，最后吊灯的高度也达到了。

“现在大概五点左右。”老鼠菲利普警告大家。

“胡说八道。”老鼠卡玲说，“时间已经死了，我们可以继续往上建造。”

“我不干了。”老鼠菲利普嘀咕说，“真的是发疯了，我可不想对即将发生的一切负责任。”

“我们回头再说。”最强大的威利巴尔德威胁说，“再说，我们也不需要你，你跟莉莉老鼠一起滚回藏书室去。没有你们我们也能成功。我回头再收拾你。”

他举起爪子指着推窗的方向。

老鼠菲利普和莉莉老鼠离开了厨房。他们从门底下观察着通天塔的建造进度，现在离“老鼠天堂”只有几厘米了。

“塔在摇晃！”老鼠监工阿达尔贝特发出警告，“我们不能都往上爬了！”

“只差一块木块了。”威利巴尔德说。

“是啊！”老鼠阿达尔贝特说，“找两只体重最轻的老鼠，让老鼠咪咪和老鼠山姆森把最后一块木块放上去，这样就到达天堂了。我们可以一个接一个地轮流爬上去，享受天堂的欢乐，随心所欲大吃一顿了。”

莉莉老鼠碰了一下老鼠菲利普，她用爪子指了指藏书室窗外。朝霞升起了，天亮了。

老鼠咪咪和老鼠山姆森小心翼翼地托起最后一块积木。那是一个漂亮的刻着螺旋形花纹的圆柱体。其他的老鼠围在离塔较远的地方，看着这两只老鼠扛着积木一层一层地爬上去。

Tu
Ba
Holzs

在两块合拢的窗帘中间，有一道小小的缝隙。谁也没注意到，当老鼠咪咪和老鼠山姆森爬上塔顶，小心翼翼地把圆柱竖起来的时候，早晨的第一道霞光已经照进了厨房。

就在这时候，响起了女厨师沉重的脚步声。老鼠咪咪吓得半死，圆柱从她的爪子里滑落下来。圆柱落下去，砸到下层的积木上，整个通天塔开始震动起来，晃动起来。在一秒钟前还支撑着塔身的一块块积木，突然开始晃动起来，掉落下去。随着一声巨大的声响，通天塔重重地倒塌了，把老鼠山姆森和老鼠咪咪压在下面。

厨房门被狠狠地推开了。胖胖的女厨师双手叉腰，骂着："这大宅里越来越不像话了。座钟不走了，没教养的小家伙玩了积木也不收起来，老鼠们还在桌子底下窜来窜去。"

老鼠们被她的目光吓坏了，惊慌地窜过厨房，躲进自己的洞穴。

女厨师把她的拖鞋拿下来，向老鼠们砸去。拖鞋砸中了老鼠保罗，他尖叫一声就四脚朝天地不再动弹了。鼠群战战兢兢地挤在洞穴的通道里，一整天都没敢动弹一下。直到天黑以后，他们才敢爬出来，去找老鼠咪咪、老鼠山姆森和老鼠保罗。

可是没有发现他们的踪迹。

最强大的威利巴尔德把狡猾的老鼠约瑟夫、胖老鼠海尔曼和他的卫队召集到自己身边，让他们四处散布谣言：只要动脑筋想一想，就知道谁应该对这巨大的不幸负责任。老鼠菲利普的名字不断被鼠群提起。老鼠菲利普和老鼠菲丽德利克、老鼠卡勒、莉莉老鼠结成小集团，还有一些年轻的老鼠也站在他的一边。

“不就是差那么一点点，就到达天堂了吗？”狡猾的老鼠约瑟夫煽动着说，“我们离成功的距离不超过一根老鼠尾巴了。”

“是的。”老鼠卡玲抱怨说，“就差那么一点点，我们就大功告成了。”

“大家想一想吧，”狡猾的老鼠约瑟夫继续说，

“大家想一想，如果老鼠菲利普没有拒绝继续干活，如果莉莉老鼠也一直苦干到最后时刻的话，如果他们能像我们的口号一样——‘像蝙蝠一样敏捷，像特里尔面包一样坚硬，像猪皮一样柔韧’，我们完全可以成功的。我们真的可以成功的！伟大的目标就在我们的眼前，可老鼠菲利普和莉莉老鼠竟然出卖了我们，使我们鼠群遭到了最惨重的损失。”

“可怜的老鼠咪咪和那些死去的老鼠！”老鼠卡玲叹着气。

“所以，我们决定把老鼠菲利普开除出我们鼠群，这个异类老鼠损害了我们的荣誉，把他交给猫吧！”

“不，不，你们先听一听老鼠菲利普怎么说！”老鼠菲丽德利克大声喊。可是，紧紧围在威利巴尔德周围的卫队大步走过去，把老鼠菲利普抓起来，把他拉扯到窗帘后面，把他从推窗扔到了花园里。

老鼠卡勒和另外几只年轻的老鼠试着想护住老

鼠菲利普，可威利巴尔德的卫队凶狠地向他们冲过去，把他们打倒在地。他们胆怯地和莉莉老鼠一起，躲到了角落里。

“我们怎么处理那些不听话的无赖?”胖老鼠海尔曼问，“最好把他们也从推窗里扔出去，让他们永远消失。”说着，他就要冲过去。

“时机还没成熟。”最强大的威利巴尔德拦住了他。

狡猾的老鼠约瑟夫说：“如果他们能通过对异类老鼠的惩罚吸取教训的话，我们还可以给他们一个机会。我们不是荒漠里的恶魔。”

威利巴尔德恶狠狠地对角落里的老鼠们说：“我数到三，如果你们散开来，回到鼠群里去的话，那你们这次就可以免受惩罚。”

他的卫队大声数着。不需要数到三，刚数到二的时候，他们就散开了。连被吓得半死的莉莉老鼠也跑开了。她躲到藏书室的一堆书后面哭泣着，她被内心的谴责折磨着，为什么她没有站到老鼠菲利普前面，拼着自己的命去保护他呢？也许，她的勇敢无畏会带动别的老鼠。

为什么她只是颤抖着，看着自己心爱的老鼠菲利普被扔出窗外？她知道，她永远不会忘记这个晚上。她也明白，威利巴尔德始终控制着鼠群，他会越来越排斥她，越来越残酷地对待她。明天，后天，一直下去。如果不反抗的话……

16 莉莉老鼠不再害怕

在这一刻，小小的白老鼠莉莉下决心要反抗最强大的威利巴尔德。不管结果怎样，她决心已定。当早上座钟敲过七下，老鼠们都回到洞穴以后，她就把自己的打算告诉了老鼠卡勒和老鼠菲丽德利克。

“我现在要重新开始讲故事。”她高声说。

“可这是禁止的呀！”老鼠菲丽德利克吃了一惊，她轻声说。

“我要重新开始为大家朗读。”老鼠莉莉不顾一切地说。

“这也是禁止的。”老鼠卡勒垂下眼睛，轻声说。

“我不怕。”

“有勇气，有勇气。”匆匆路过的老鼠埃米尔嘲笑说。他在不远处停下来，大声说：“如果不那么有勇气的话，老鼠菲利普现在还活着呢！莉莉老鼠，不要忘记这一点。”

经过一夜的折腾，最强大的威利巴尔德和他的卫队都睡得昏昏沉沉。只有狡猾的老鼠约瑟夫还清醒着，他考虑着，明天晚上用什么办法使鼠群继续保持热情。突然，他听到过道那里有脚步声。他小心地走过去，发现莉莉老鼠把十几只老鼠聚到了一起，正开始讲故事。狡猾的老鼠约瑟夫躲在阴影里偷听着。

他听到了一个小故事，说的是一个瑞士人射死了他们的总督。这个总督从来不干活，却骑在人民头上作威作福。他让人民没日没夜地干活，一切都由他一个人说了算。他制定了严酷的法律。在他出行的时候，老百姓必须向他深深地鞠躬。他甚至在城市每个广场的旗杆上挂着他的帽子，每个老百姓经过帽子时，都得向帽子恭恭敬敬地鞠躬。他想出很多恶毒的主意，把老百姓们踩到脚底下。终于，有一个瑞士人拉起弓箭，把利箭射进了独裁者的心脏，独裁者倒地而死。人们永远记住了这个勇士的名字，他叫威廉·退尔。

“在老鼠中间，这样的独裁者叫什么呢？”一只年轻的母老鼠问。

“我们管这样的独裁者叫首领。”莉莉老鼠回答说。

狡猾的老鼠约瑟夫浑身颤抖了一下。难道莉莉老鼠活得不耐烦了吗？他可不能随便放过她。狡猾的老鼠约瑟夫明白，老鼠们是不会轻易忘记这个故事的。他想：这样的故事是非常危险的，它们会削弱威利巴尔德的强大势力，它们会摧毁鼠群对胖老鼠海尔曼的盲从，它们会毁灭我的计划。太过分了，不能放纵下去！

狡猾的老鼠约瑟夫从阴影里走出去。他一言不发，额头上竖起一条深深的皱纹。如果他大声喊叫着，咒骂着，也许这些听莉莉老鼠讲故事的老鼠们会反抗他。可在他的严厉注视下，老鼠们的勇气消失了。他们一只接一只地跑开了，最后只剩下莉莉老鼠。他恶狠狠地说："今天晚上！"

"我知道。"莉莉老鼠回答，"你可以威胁我，可你绝不可能让我继续沉默下去了。"

狡猾的老鼠约瑟夫仇恨地瞪着她，说："今天晚上，你的高尚的勇气很快就会消失。你不会再有机会讲故事，因为，死去的老鼠不可能再开口。"

他迅速地转过身，离开了。莉莉老鼠突然感到一阵轻松，虽然她为晚上即将发生的一切而恐惧，但她觉得，自己离她的老鼠菲利普更近了。

17

喷香的肥肉

就在这一天，莉莉老鼠讲的故事在鼠群里传开了。鼠群不等发出指令，就自动集中在客厅里，没有欢呼，也没有兴奋。很多老鼠疲惫地看着地板，还有的喃喃着，听上去有威胁叛乱的意思。

最强大的威利巴尔德坐在丝绒的座椅上，他不再长篇大论，看上去有点疲倦。他直接宣判说：“莉莉老鼠，这个白色的妖精，死期就在眼前。她践踏了我们的法律，她违抗了我的命令……”

“这是哪来的香味啊？一直钻进鼻子里啊！”老

鼠卡勒打断了首领的话。

威利巴尔德看上去很生气，继续说："……她违抗我的命令。她是鼠群的祸害，在虎斑大猫威胁我们的危急时刻，她严重影响着我们的安全。损害鼠群利益的败类必须立刻清除。所以，马上把她从推窗扔出去，扔到虎斑大猫的爪子下面去。"

这时候，很多老鼠都用鼻子嗅着空气里飘来的香味。

"真香啊！"老鼠卡玲陶醉地说，她的眼睛都发直了。

鼠群的注意力从最强大的威利巴尔德那里转移了，他们转身寻找着香气的来源。那香气实在让人无法抗拒。

"你们活得不耐烦了？"胖老鼠海尔曼威胁说，他正舒舒服服地坐在最强大的威利巴尔德座椅的下面。

可是，那诱人的香气也飘进了他的鼻子里。闻起来好像煎得香喷喷的肥肉，老鼠们被这香味熏得头昏眼花。他们用自己的鼻子找到了香气的来源，在厨房的地下放着一块焦黄发脆的煎肥肉，说得准确一点，它放在一个早餐木盘里，就好像专为老鼠们提供的美味。老鼠们把这块煎肥肉团团围住，他们贪婪地闻着香气。他们的尾巴都高高地竖起来，充满了期待。

“可惜，不够我们大家吃的。”狡猾的老鼠约瑟夫说，“这一块肉，不可能让我们大家全吃饱。”

“每人咬一口。”老鼠埃米尔请求说，“哪怕小小的一口。”

所有的老鼠都看着最强大的威利巴尔德，等待着他的指令。

威利巴尔德恨不得把这热腾腾、香喷喷的肥肉一口吞下去，可他不好意思说出来。他知道，这么一来，老鼠们会造反的。所以他说：“大家围着肥肉排成队，第二个是老鼠海尔曼，第三个是老鼠约瑟夫，第四个是老鼠卡玲。”

“那谁是第一个呢？”老鼠卡勒问。

“愚蠢的问题。”威利巴尔德咆哮着说，“首领第一，还能是谁?”

接着，他给大家指定了位置。他的卫队排在前面，最后才轮到老鼠菲丽德利克和老鼠卡勒。

“莉莉老鼠呢?”

“我们先吃肉，然后再把她扔出去。”最强大的威利巴尔德说。

“就让她看着，看着我们吃。”狡猾的老鼠约瑟夫眼睛里闪出施虐的快意。他仇恨地说：“她应该永远记着，跟我们一起的幸福日子。”

“太对了。莉莉老鼠应该站在离早餐木盘最近的地方，看着，闻着。饿死她。”威利巴尔德说。

莉莉老鼠一眼就看到，有一片小纸片贴在早餐木盘上，上面密密麻麻写满了字。她走到离木盘很近的地方。

“这就对了。”老鼠卡玲嘲笑说，“用你的红眼睛看着大肥肉。红色，对于人类来说，难道不就是禁止吗?”

老鼠的队伍很长，老鼠们一只接一只地排着。老鼠卡勒知道，等轮到他时，除了闻闻香气以外，恐怕什么也吃不到了。

“为什么总是首领第一?”他愤怒地抗议，“我也想站在最前面。”

这时，莉莉老鼠已经读明白了纸片上的字。她读懂了每一个字母、每一个单词，她明白上面的每一句话。她知道，这块放在早餐木盘里的肥肉是不怀好意的——这是女厨师安装的一个捕鼠夹。她知道咬这块肥肉意味着什么：第一个咬肥肉的，就会送命。首领想第一个吃，那独裁者的死期已到。

最强大的威利巴尔德捋一捋自己的胡子，很严肃地宣布：“让我们开始盛宴吧!”

“又是你第一!”老鼠卡勒不满地说，很多排在后面的老鼠也附和着他。威利巴尔德愤怒起来，正准备发作。狡猾的老鼠约瑟夫在他耳边说：“让他到前面来，让他第一个吃。他吃完后，还足够我们吃的。这样，我们就化敌为友了。”

威利巴尔德受到了启发。他对着老鼠卡勒喊："亲爱的朋友，你过来吧！虽然这不合适，但是，也不能造成假象，好像有了好处我总是第一。作为首领，首先是为鼠群服务的。"

老鼠卡勒很吃惊，他完全没有想到会有这样的结果。可是莉莉老鼠，她紧张地看着这一切，眼看着她的希望就要落空了。如果首领被干掉，那她就有救了。可现在，老鼠卡勒毫不知情地向着捕鼠夹走去。只要他咬一口肥肉，他就死定了。

"停下！"莉莉老鼠高喊，"停下！谁也不能吃肥肉。这块肥肉很危险，它比虎斑大猫更危险。"

最强大的威利巴尔德挺了挺胸，居高临下地问："危险？从什么时候开始，煎肥肉有危险了？你想败坏我们的胃口吗？"

"人类在利用肥肉把我们老鼠引到捕鼠夹上。"莉莉老鼠回答说。

老鼠们吓了一跳，往后退了好几步。

"请问像白石灰一样苍白的老鼠女士，你怎么会知道呢?”狡猾的老鼠约瑟夫讽刺地问。

“纸片上写着呢!”

“鬼话!”胖老鼠海尔曼狠狠地说,“尽是些鬼话。编故事是红眼睛妖精的拿手戏。在从前,人类会把这样的女巫送到火堆里烧死。”

“纸片上写的是什么,让她读一下。”老鼠菲丽德利克要求说。

“对,对。”老鼠们都同意,“请莉莉老鼠读一下。”

“可惜,阅读是禁止的。这是首领的法律。”莉莉老鼠故意回答说。

“让你读,你就读,你这烂白蛆。”最强大的威利巴尔德训斥说,“我的话都有效,我就是法律。”

莉莉老鼠清了清嗓子,向木盘走近几步,大声而清楚地朗读:“使用说明:把肥肉固定在活动木盘上;把弹簧拉紧,把绷紧的铁丝压在铁架上;把木板竖起来,把铁丝顶端扣在扣环里;捕鼠夹安装成功。一旦轻微触碰,木板弹起,确保能将老鼠夹死。”

“胡说八道。”胖老鼠海尔曼恼怒地说，“你就想表现自己。”

“如果你认为是这样，那你就先去吃吧！无论如何，我感谢你们的好意。”老鼠卡勒说着，走回队伍的最后面去了。

胖老鼠海尔曼不敢轻举妄动，他嘟囔了几句，回到自己的位子去了。

“这一次，我们是不是可以请我们最聪明的小老鼠莉莉先吃呢?”狡猾的老鼠约瑟夫提议说，“这一次，最后一名可以变成第一名。”

“如果她没有读错的话，谢天谢地，我们不需要弄脏我们的爪子，就把她了结了。”胖老鼠海尔曼恶毒地说。

“也用不着我们一身臭汗地把她抬到推窗那里扔出去了。”老鼠卡玲加了一句。

“等夹子夹上以后，我们可以安心享用美味的肥肉了。”老鼠埃米尔舔了舔嘴唇。

“这里到底是谁说了算？到底谁是这里的首领？”威利巴尔德愤怒地吼起来。他狠狠地晃动着强劲的尾巴，他美丽的尾巴扫过了木盘上的肥肉，就这么轻轻一下，捕鼠夹咔嚓一声弹起来，所有的老鼠都吓了一跳。

威利巴尔德拼命地呻吟起来。那强大的夹子把他的尾巴打掉了一半，他疼得用两只前爪跳了起来，半截尾巴竖着，晃晃荡荡的，看上去狼狈极了。威利巴尔德现在成了鼠群马戏团里的一个小丑。

故事没有结束

老鼠菲丽德利克第一个哧哧地笑出声来，然后老鼠卡勒也大笑起来，老鼠爱娜笑得眼泪都流出来了，老鼠埃米尔幸灾乐祸地尖声喊：“敏捷，坚硬，柔韧！”

“猫来了！猫来了！”狡猾的老鼠约瑟夫声嘶力竭地喊。

可是，谁都没有在意他的喊声，再没有人听信狡猾的老鼠约瑟夫的话了，整个鼠群开始大笑起来。大家感到解放了，他们把现在是最弱小的威利巴尔德，把不知所措的狡猾的老鼠约瑟夫，把绝望地用爪子捂着眼睛的胖老鼠海尔曼包围在中间，快乐地跳着舞。

直到跳得精疲力竭，大家才安静下来。

老鼠卡勒说：“幸好我没去碰那个捕鼠夹！你们都看见了，莉莉老鼠真的能认字，是她救了我们的命。我可再不想碰这块肥肉了。”

“我们可没有活得不耐烦！”老鼠爱娜说。老鼠皮特也高喊：“自己去碰捕鼠夹，没有老鼠会这么傻！”

“等一等，亲爱的朋友们。”莉莉老鼠喊。她冲着捕鼠夹走过去，在那块肥肉上咬了一小口。所有的老鼠都屏住了呼吸。莉莉老鼠谦和地退回去，说：“下一位，请吧！”

没有一只老鼠敢接受这个邀请。

莉莉老鼠解释说：“这个捕鼠夹已经弹起来了。只有弹簧绷紧的时候，才有危险。”

老鼠们这才明白过来，他们都过去尝了一口美味的肥肉。他们回想起当初在食品储藏室里随心所欲吃吃喝喝的日子，那时候，威利巴尔德还没有当首领。

“威利巴尔德到底躲哪里去了？”老鼠卡勒问。

“他钻进洞穴里去了，他这回丢脸了。”老鼠贝尔塔回答。

“半截子尾巴不能再当我们的首领了。”胖老鼠海尔曼大声说，“以后我就是首领，大家都要听我的指令。一个首领，一座大宅，一个鼠群！”

“不！”

老鼠卡勒用后腿直立起来，再一次说：“决不！”

老鼠们都看着他，难道他自己想当首领？

老鼠卡勒建议说：“莉莉老鼠是我们中间唯一能认字的老鼠，她很聪明，她救了我们大家。她能数到一千。莉莉老鼠应该是我们的首领。”

一开始，大家很惊讶，沉默着。

突然，一阵欢呼声打破了沉默，几乎所有的老鼠都高喊着表示同意。

“我们的莉莉老鼠是大宅里的鼠群首领。”

“不!”莉莉老鼠一遍遍地说,“决不!”

欢呼声慢慢平息了。莉莉老鼠又大声喊了一遍:“决不!”然后她接着说:“我们不需要高人一等、一个人说了算的首领。威利巴尔德自封首领,向大家许了很多愿。我们相信他,听从他。结果呢?你们大家都看见了。行军,行军,行军;操练,操练,操练。不再自己思考,只是盲目随从。我认为,我们大家都应该重新学会思考。”

“像以前那样,有事大家商量?”老鼠皮特问。

“再不用害怕了吗?”

“我们通过表决达成决议?”老鼠霍格问。

“在藏书室里赛跑,滑滑梯?”

“在书堆上爬来爬去,跳上跳下?”

“听女厨师讲那些好听的故事?”

“在地球仪上奔跑?”老鼠敏娜怯生生地问,“跑过中国,跑过日本,跑过巨大的太平洋?”

“对,这都是我们想要做的。”莉莉老鼠说,“还有谁能阻止我们？”

“猫！”胖老鼠海尔曼恼怒地说，“想一想猫吧！当猫入侵的时候，我们得飞快地钻进洞穴，不让猫吃掉我们。我肯定是一个最出色的首领。”

可是，谁也不理睬他。

“如果谁第一个看到猫，他就大声喊：‘吃老鼠的来了！吃老鼠的来了！’我们大家就跑回自己的洞穴里。在老鼠洞里，我们很安全，可以安静地商量事情。”老鼠卡勒提议说。

“谁知道花园里到底是不是有一只虎斑大猫。”老鼠莉莉说着，心里想到了她的朋友老鼠菲利普。

“好，就这么定了。”老鼠敏娜高兴地说。

“一切都像以前一样。”老鼠乔治也说。

“我们还应该做得比以前更好。”莉莉老鼠提醒老鼠们，“比以前好很多。”

“就按老鼠卡勒说的去做。”老鼠霍格说，“见了猫就喊‘吃老鼠的来了’，然后大家就逃进洞穴。”

“我们是不是可以表决呢？”莉莉老鼠问。

老鼠们都竖起了自己的尾巴表示同意。就连狡猾的老鼠约瑟夫，虽然躲进了黑暗的角落里，他也把尾巴竖起来了一点点。

大宅里又恢复了以前美好的生活。他们选出了年轻的会议召集人，新召集人莉莉老鼠答应教会大家数数。他们奔跑着，玩耍着，在食品储藏室把自己的肚子吃得鼓鼓的。他们在地球仪上奔跑，一起玩着各种游戏。

老鼠们学会了很重要的一课：谁也不许说“我是首领，我说了算”。

有谁这么说，大家都会笑话他。

在每一个月光明亮的夜晚，莉莉老鼠都坐在厨房的窗台上，看着花园里。她没有看到猫。她有没有看到她亲爱的朋友老鼠菲利普呢？这个故事只能等下次讲了。

作者简介

维里·费尔曼（Willi Fährmann，1929—2017） 德国当代著名的青少年文学作家，长期从事教育工作。他擅长以童话演绎历史，他的许多作品被德国教育部门指定为中小学课外阅读教材，为一代代青少年敲响历史的警钟。1983 年他因文学创作的成就，荣获德意志联邦共和国一级勋章。

翻译简介

程 玮 江苏人，毕业于南京大学中文系。小说和编剧作品分获全国优秀儿童文学奖、电影金鸡奖和电视飞天奖最佳编剧等多项大奖。因出色的翻译获首届德译中童书翻译奖，并入选国际儿童读物联盟 2016 荣誉名单。

彩乌鸦世界文库

★ 初版20册全部分批入选全国中小学图书馆（室）推荐书目

★ 德语文学权威评审机构德国青少年文学研究院选荐

★ 部分图书获中国国家图书馆文津图书奖、首届德译中童书翻译奖等

★ 新版缤纷呈现，在全球范围内甄选高品质儿童文学以飨读者

想象 荒诞 哲理

谁会想到，有天男孩理查竟然变成了一只乌鸦；谁又会知道，乌鸦最开始竟然是彩色的鸟儿。

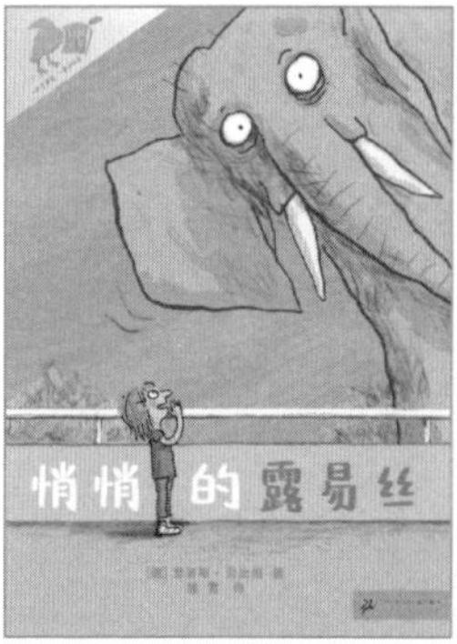

性格 成长 家庭

有时候能做个“悄悄的露易丝”也是相当棒的。当你静静聆听万物的声音，万物也会和你说悄悄话呢！

生命 哲理 奇幻

邦贝先生的身体千疮百孔，他的思想却极为非凡。他想成为一位作家，于是放飞了他的信，而信带着一个个故事回到他身边……

童心 逗趣 二娃

成长 教育 家庭

想象 颠覆 魔法

想象 乐趣 童话

想象 沟通 寓言

冒险 自由 人生

想象 魔法 童诗

父爱 成长 旅程

亲情 成长 想象

动物 家庭 喜剧

动物 哲理 寓言

动物 寻爱 冒险

亲情 成长 教育

母爱 生命 成长

亲情 友情 教育

自然 环保 生命

哲理 反战 教育

哲理 讽刺 教育

——“彩乌鸦世界文库”不断更新，精彩继续。